SV

Band 431 der Bibliothek Suhrkamp

Raymond Queneau
Zazie in der Metro

Suhrkamp Verlag

Titel der französischen Originalausgabe
Zazie dans le Metro
Gallimard, Paris 1959
Deutsch von Eugen Helmlé

16. und 17. Tausend dieser Ausgabe 1988

Druck: Nomos Verlagsgesellschaft, Baden-Baden
Printed in Germany

Zazie in der Metro

I

Fonwostinktsnso, fragte sich Gabriel aufgebracht.
Nicht möglich, säubern tun die sich wohl nie. In der Zeitung schreiben sie, daß nicht mal elf Prozent der Wohnungen in Paris Badezimmer haben, das wundert mich nicht, aber man kann sich doch auch ohne waschen. All die, wo da um mich rumstehn, machen bestimmt keine großen Anstrengungen. Andererseits kanns sich doch auch nicht um eine Auswahl unter den Dreckigsten von Paris handeln. Kaum anzunehmen. Der Zufall hat sie hier zusammengebracht. Man kann nicht annehmen, daß die Leute, die an der Gare d'Austerlitz warten, übler riechen als die, die an der Gare de Lyon warten. Nein, wirklich kaum anzunehmen. Trotzdem, was für ein Gestank.
Gabriel wühlte aus seinem Hosensack ein malvenfarbenes, seidenes Schnupftuch hervor und verstopfte sich damit den Zinken.
– Wer stinkt denn da so? sagte eine ältere Frau laut.
Sie dachte nicht an sich, als sie das sagte, sie war nicht egoistisch, sie wollte von dem Duft sprechen, der von diesem Herrn ausging.
– Das, Mütterchen, antwortete Gabriel, der schlagfertig war, das ist Bartuse, ein Parfüm von Fior.
– Das dürfte nicht erlaubt sein, die Leute so anzustinken, fuhr die Alte fort, die überzeugt war von ihrem guten Recht.
– Wenn ich recht verstehe, Mütterchen, so glaubst du wohl, daß dein natürlicher Duft den der Rosen aussticht. Aber du irrst dich, Mütterchen, du irrst dich.
– Hast du das gehört? sagte die Frau zu einem kleinen Kerl neben ihr, wahrscheinlich der, der das Recht hatte, sie legal zu besteigen. Hast du gehört, wie respektlos er zu mir ist, dieses dicke Schwein?

Der kleine Kerl betrachtete sich Gabriels Figur und sagte sich, das ist ein Kraftbulle, aber die Kraftbullen sind immer gutmütig, die nutzen ihre Kraft nicht aus, das wäre feige von ihnen. Großmäulig schrie er:

– Du stinkst, du Gorilla.

Gabriel seufzte. Sich wieder mal auf die Gewalt berufen. Dieser Zwang war ihm zuwider. Seit der ersten Menschwerdung hatte das niemals aufgehört. Aber was sein mußte, mußte eben sein. Seine, Gabriels, Schuld war es bestimmt nicht, wenn es immer die Schwächlinge waren, die die Leute anpöbelten. Trotzdem wollte er der Mücke eine Chance lassen.

– Wiederhol mal n bißchen, sagte Gabriel.

Ein wenig erstaunt, daß der Muskelprotz antwortete, nahm der kleine Kerl sich die Zeit, folgende Antwort auszuhecken:

– Wasn wiederholen?

War gar nicht unzufrieden mit seiner Formel, der kleine Kerl. Bloß, der Kleiderschrank ließ nicht locker: er beugte sich vor, um diesen monophasierten Fünfsilber auszusprechen:

– Wasdevorhngsagthast . . .

Der kleine Kerl bekams mit der Angst zu tun. Jetzt war es Zeit für ihn, der Augenblick war gekommen, sich irgendeinen Wortschild zu schmieden. Das erste, was er fand, war ein Alexandriner.

– Ich habe Ihnen nie erlaubt, daß Sie mich duzen.

– Hosenscheißer, entgegnete Gabriel schlicht und einfach. Und er hob den Arm, als wolle er seinem Gesprächspartner eine schmieren. Dieser bestand jedoch nicht darauf und ging von selbst zu Boden, zwischen die Beine der Leute. Er hätte am liebsten geheult. Zum Glück fährt gerade der Zug ein, und damit wechselt die Landschaft. Die duftende Menge richtet ihre vielfältigen Blicke auf die Ankömmlinge, die mit ihrem Vorbeimarsch beginnen, an der Spitze die Notare

und die Vertreter mit eilendem Schritt, als einziges Gepäck ihre Dokumententasche in der Hand und ihrem Gehabe, als verstünden sie besser zu reisen als die andern.
Gabriel sieht in die Ferne; sie sind bestimmt ganz hinten, die Frauen sind immer ganz hinten; aber nein, eine Göre taucht auf und spricht ihn an:
– Chbin Zazie, chwette, daß du der Onkel Gabriel bist.
– Der bin ich tatsächlich, antwortet Gabriel und veredelt seinen Ton. Ja, ich bin dein Onkel.
Die Kleine lacht sichn Ast. Gabriel lächelt höflich, nimmt sie in seine Arme, bringt sie in Höhe seiner Lippen, küßt sie, sie küßt ihn, stellt sie wieder ab.
– Du riechst gar nicht übel, sagt das Kind.
– Bartuse von Fior, erklärt der Koloß.
– Wirst du mir ein wenig davon hinters Ohr machen?
– Es ist ein Männerparfüm.
– Da siehst du den Gegenstand, sagt Jeanne Lalochère, die endlich angetrudelt kam. Du hast dich ja um ihn bekümmern wollen, hier ist er nun.
– Es wird schon gehen, sagt Gabriel.
– Ich kann dir doch vertrauen? Ich will nämlich nicht, daß sie sich von der ganzen Familie vergewaltigen läßt, verstehst du.
– Aber Mama, du weißt doch, daß du gerade im richtigen Augenblick gekommen bist, das letzte Mal.
– Auf jeden Fall, sagt Jeanne Lalochère, will ich nicht, daß es wieder von vorne losgeht.
– Du kannst beruhigt sein, sagt Gabriel.
– Gut. Dann treff ich euch übermorgen wieder hier, für den Zug um sechs Uhr sechzig.
– Abfahrtgleis, sagt Gabriel.
– Naturally, sagt Jeanne Lalochère, die amibesetzt gewesen war. Ach, was ich noch sagen wollte, wie gehts deiner Frau?
– Danke. Willst du uns nicht besuchen kommen?

– Ich werde wohl keine Zeit dazu haben.
– So ist sie nun mal, wenn sie nen Scheich hat, sagt Zazie, die Familie zählt dann nicht mehr.
– Wiedersehn, mein Liebling. Wiedersehn, Gaby.
Sie verzieht sich.
Zazie kommentiert die Ereignisse.
– Sie ist verknallt.
Gabriel zuckt die Achseln. Er sagt nichts. Er schnappt Zazies Koffer. Jetzt sagt er was.
– Auf gehts, sagt er.
Und er keilt los, wobei er alles, was sich auf seiner Bahn befindet, nach rechts und links beiseite schleudert. Zazie galoppiert hinterher.
– Onkel, schreit sie, nehmen wir die Metro?
– Nein.
– Wieso denn, nein?
Sie ist stehengeblieben. Gabriel macht ebenfalls halt, dreht sich um, stellt den Koffer hin und beginnt zu erklären:
– Nun ja: nein. Heute gehts nicht. 'S wird gestreikt.
– 'S wird gestreikt?
– Nun ja: s' wird gestreikt. Die Metro, dieses durch und durch pariserische Transportmittel, ist unter der Erde eingeschlafen, denn die Angestellten mit den durchlöchernden Zangen haben die Arbeit niedergelegt.
– Ach, die Drecksäcke, schreit Zazie, ach, die Sauhunde. Mir das anzutun.
– Das tun sie ja nicht nur dir an, sagt Gabriel vollkommen objektiv.
– Das ist mir wurscht. Deshalb bin ich doch die Dumme, wo ich so glücklich war und so froh und alles, mal in der Metro rumzukutschen. Verfluchte Scheiße nochmal.
– Du mußt dich vernünftigerweise damit abfinden, sagt Gabriel, dessen Worte manchmal die Färbung eines leicht kantianischen Thomismus aufwiesen.
Und zur Kosubjektivität übergehend, fügte er hinzu:

– Und außerdem müssen wir uns sputen: Charles wartet.
– Oh, den Witz kenn ich, rief Zazie wütend, den hab ich in den Memoiren des General Vermot gelesen.
– Aber nein, sagte Gabriel, aber nein. Charles isn Kumpan, und er hatn Taxi. Ich habs uns reserviert, sein Taxi, und zwar grad wegen des Streiks. Hast du kapiert? Auf gehts.
Mit der einen Hand schnappte er den Koffer wieder, mit der andern zog er Zazie hinter sich her. Charles wartete tatsächlich und las dabei in einer Wochenzeitschrift die Chronik der blutenden Herzen. Er suchte, und das waren nun schon Jahre, daß er suchte, eine Gutdurchwachsene, der er die fünfundvierzig Kirschen seines Frühlings zum Geschenk machen könnte. Aber diejenigen, die sich, einfach so, in dieser Gazette beklagten, die fand er immer entweder zu putenhaft oder zu blöd. Hinterlistig oder heimtückisch. Er witterte den Splitter in den Balken der Lamentationen und entdeckte die schlummernde Hyäne noch in der gebleutesten Puppe.
– Guten Tag, Kleine, sagt er zu Zazie, ohne sie anzusehen, und legte sich seine Veröffentlichung sorgfältig unter den Hintern.
– Ist dasn Rappelkasten, sein Taxi, sagt Zazie.
– Steig ein, sagt Gabriel, und sei kein Snob.
– Snob am Arsch, sagt Zazie.
– Die ist aber lustig, deine kleine Nichte, sagt Charles, der auf den Anlasser drückt und die Mühle laufen läßt.
Mit leichter, aber kräftiger Hand verpackt Gabriel Zazie ins Wageninnere, dann setzt er sich neben sie.
Zazie protestiert.
– Du zerdrückst mich ja, heult sie, wahnsinnig vor Wut.
– Das verspricht heiter zu werden, bemerkt Charles knapp und mit friedlicher Stimme.
Er fährt an.
Nachdem sie eine kurze Strecke gefahren sind, zeigt Gabriel mit großartiger Gebärde auf die Landschaft.

– Ah! Paris, stößt er in aufmunterndem Ton hervor, welch eine schöne Stadt. Sieh nur mal, wie schön das ist.
– Das ist mir wurscht, sagt Zazie, was ich gern gewollt hätte, das ist in der Metro fahren.
– Die Metro! brüllt Gabriel, die Metro!! aber da ist sie ja!!!
Und mit dem Finger zeigt er auf etwas in der Luft.
Zazie zieht die Augenbrauen hoch. Sistmißtrausch.
– Die Metro? wiederholt sie. Die Metro, fügt sie verächtlich hinzu, die Metro, die ist unter der Erde, die Metro. Sowas.
– Das da, sagt Gabriel, ist die Luftmetro.
– Dann ist es nicht die Metro.
– Ich werd dir das erklären, sagt Gabriel. Manchmal kommt sie aus der Erde raus, und dann fährt sie wieder rein.
– Geschichten.
Gabriel fühlt sich ohnmächtig (Gebärde), dann zeigt er, in dem Verlangen, die Unterhaltung auf ein anderes Thema zu bringen, von neuem auf etwas, das an ihrem Wege liegt.
– Und das! grölt er, sieh hin!! Das Pantheon!!!
– Was man doch nicht alles hören muß, sagt Charles, ohne sich umzudrehen. Er fuhr langsam, damit die Kleine die Sehenswürdigkeiten alle sehen und sich außerdem auch noch bilden könne.
– Ist das vielleicht nicht das Pantheon? fragt Gabriel. In seiner Frage liegt etwas Spöttisches.
– Nein, sagt Charles mit Nachdruck, Nein, nein und nochmals nein, das ist nicht das Pantheon.
– Und was wäre es dann deiner Meinung nach?
Der höhnische Spott in seinem Ton wird fast verletzend für den Gesprächspartner, der sich übrigens beeilt, seine Niederlage einzugestehen.
– Das weiß ich auch nicht, sagt Charles.
– Da. Du siehst ja.
– Aber es ist nicht das Pantheon.
Ist das ein Dickschädel, dieser Charles, also wirklich.
– Wir werden einen Passanten fragen, schlägt Gabriel vor.

– Die Passanten, erwidert Charles, sind alle Arschlöcher.
– Das ist wirklich wahr, sagt Zazie aufgekratzt.
Gabriel gibt nach. Er entdeckt einen neuen Anlaß zur Begeisterung.
– Und das, ruft er, das ist . . .
Aber das Wort wird ihm durch einen Heurekaausruf seines Schwagers abgeschnitten.
– Ich habs gefunden, heult der. Das Ding, das wir soeben gesehen haben, war natürlich nicht das Pantheon, es war die Gare de Lyon.
– Vielleicht, sagt Gabriel ungeniert, aber das gehört jetzt der Vergangenheit an, sprechen wir nicht mehr davon, das hier dagegen, sieh doch mal hin, Kleine, was für ne hübsche Architektur, das sind die Invaliden . . .
– Du bist ja auf den Kopf gefallen, sagt Charles, das hat gar nichts mit den Invaliden zu tun.
– Na schön, sagt Gabriel, wenns der Invalidendom nicht ist, dann laß uns doch wissen, was es ist.
– Das weiß ich auch nicht so genau, sagt Charles, aber das ist allerhöchstens die Kaserne von Reuilly.
– Ihr, sagt Zazie nachsichtig, ihr seid alle beide kleine Spaßvögel.
– Zazie, erklärt Gabriel und setzt eine majestätische Miene auf, die er mühelos in seinem Repertoire gefunden hat, wenn es dir Spaß macht, wirklich den Invalidendom und das richtige Grab des echten Napoleon zu sehen, werde ich dich hinführen.
– Napoleon kann mich mal, erwidert Zazie. Er interessiert mich nicht im geringsten, dieser Wasserkopf mit seinem saudummen Hut.
– Was interessiert dich dann?
Zazie antwortet nicht.
– Ja, sagt Charles unerwartet nett, was interessiert dich denn?
– Die Metro.

Gabriel sagt: ah. Charles sagt nichts. Dann nimmt Gabriel seine Rede wieder auf und sagt von neuem: ah.
– Und wann wird er zu Ende sein, dieser Streik? fragt Zazie und bläst ihren Worten Wildheit ein.
– Ich weiß nicht, sagt Gabriel, ich mache keine Politik.
– Das ist keine Politik, sagt Charles, es geht um die Butterstullen.
– Und Sie, Monsieur? fragt Zazie, streiken Sie auch manchmal?
– Beim Teufel, das muß man, um den Tarif hochzuschrauben.
– Bei dem Schlitten sollten Sie ihn eher runtersetzen, den Tarif. So was von nem Rappelkasten. Haben Sie den nicht zufällig auf dem Autofriedhof gefunden?
– Wir sind bald angelangt, sagt Gabriel konziliant. Hier ist schon die Eckkneipe.
– Welche Eckkneipe? fragt Charles ironisch.
– Die Kneipe von der Ecke, wo ich wohne, sagt Gabriel treuherzig.
– Na, sagt Charles, hier ist das aber nicht.
– Wie, sagt Gabriel, willst du etwa behaupten, daß es die hier nicht ist?
– Aber nein, schreit Zazie, ihr werdet doch nicht wieder von vorne anfangen.
– Nein, die hier ist es nicht, gibt Charles Gabriel zur Antwort.
– Das stimmt ja auch, sagt Gabriel, während sie an der Kneipe vorbeifahren, in die hier bin ich noch nie reingegangen.
– Sag mal, Onkel, fragt Zazie, wenn du dich so saudumm anstellst, tust du das absichtlich oder ohne es zu wollen?
– Ich tu es, um dich zum Lachen zu bringen, mein Kind, antwortet Gabriel.
– Glaubs nur nicht, sagt Charles, er tuts nicht appsichtlich.

– Das ist nicht geistreich, sagt Zazie.
– Um die Wahrheit zu sagen, sagt Charles, mal tut ers appsichtlich und mal nicht.
– Die Wahrheit, ruft Gabriel aus (Gebärde), als ob du wüßtest, was das ist. Als ob irgendwer auf der Welt wüßte, was das ist. Alles das (Gebärde), alles das ist kalter Kaffee: das Pantheon, der Invalidendom, die Kaserne von Reuilly, die Eckkneipe, alles. Ja, kalter Kaffee. Und niedergeschlagen fügt er hinzu:
– O lala, welch ein Elend!
– Sollen wir anhalten, um nen Apéritif zu trinken? fragt Charles.
– Das ist ein Gedanke.
– Im Cave?
– In Saint-Germain-des-Prés? fragt Zazie, die vor Aufregung schon zappelt.
– Aber Mädchen, sagt Gabriel, was hast du nur für Vorstellungen? Das ist doch vollkommen aus der Mode gekommen.
– Wenn du damit andeuten willst, daß ich hinterm Mond zu Hause bin, sagt Zazie, dann kann ich dir nur antworten, daß du ein altes Arschloch bist.
– Hörst du das? sagt Gabriel.
– Was willst du da tun, sagt Charles, das ist eben die neue Generation.
– Die neue Generation, sagt Zazie, die sch ...
– Es reicht schon, sagt Gabriel, wir haben verstanden. Wie wärs, wenn wir in die Eckkneipe gingen?
– An der richtigen Ecke? sagt Charles.
– Ja, sagt Gabriel. Und nachher bleibst du zum Essen bei uns.
– War das nicht so abgemacht?
– Doch.
– Also?
– Na ja, ich bestätige es.

– Da gibts nichts zu bestätigen, denn es war ja abgemacht.
– Na ja, sagen wir, daß ich dich wieder dran erinnere, falls du es vergessen haben solltest.
– Ich hatte es nicht vergessen.
– Du bleibst also zum Essen bei uns.
– Ja, Scheiße, was denn, sagt Zazie, gehn wir jetzt einen trinken oder nicht?
Geschickt und geschmeidig extrahiert sich Gabriel aus dem Taxi. An einem Tisch auf dem Bürgersteig finden sich alle wieder. Das Serviermädchen kommt nachlässig angetrottelt. Sogleich drückt Zazie ihren Wunsch aus:
– Ein Cacocalo, verlangt sie.
– Haben wir nicht, anwortet man.
– Na sowas, ruft Zazie aus, das ist vielleicht ne Welt. Sie ist empört.
– Mir, sagt Charles, bringen Sie nen Beaujolais.
– Und mir, sagt Gabriel, ne Milchgrenadine. Und was trinkst du? fragt er Zazie.
– Ich habs ja schon gesagt: ein Cacocalo.
– Sie hat doch gesagt, daß sie das nicht haben.
– Ich will abern Cacocalo.
– Du hast gut wollen, sagt Gabriel mit unendlicher Geduld, du siehst doch, daß sie keins haben.
– Warum haben Sie denn keins? fragt Zazie das Serviermädchen.
– Das (Gebärde).
– Und ein Panaschee, Zazie, schlägt Gabriel vor, würde dir das nichts sagen?
– Ich will aber ein Cacocalo haben und nichts anderes.
Alle werden nachdenklich. Das Serviermädchen kratzt sich am Schenkel.
– Nebenan gibts, sagt sie schließlich. Beim Italiener.
– Na, sagt Charles, kommt mein Beaujolais bald?
Man geht ihn holen. Gabriel steht ohne Kommentar auf. Er macht sich geschwind aus dem Staub und kommt bald

darauf mit einer Flasche zurück, aus deren Hals zwei Strohhalme hervorsehen. Er stellt das vor Zazie.
– Da, Kleine, sagt er mit großzügiger Stimme.
Ohne ein Wort zu sagen, nimmt Zazie die Flasche in die Hand und beginnt mit dem Halm zu spielen.
– Da siehst du, sagt Gabriel zu seinem Kumpan, das war doch gar nicht so schwierig. Die Kinder muß man nur richtig verstehn.

2

– Da ist es, sagte Gabriel.
Zazie betrachtet das Haus. Sie teilt ihre Eindrücke nicht mit.
– Na? fragte Gabriel. Paßt es dir?
Zazie machte ein Zeichen, das anzuzeigen schien, daß sie ihre Meinung für sich behielt.
– Ich, sagte Charles, geh mal bei Turandot vorbei, ich hab ihm was zu sagen.
– Verstanden, sagte Gabriel.
– Was gibts denn da zu verstehen? fragte Zazie.
Charles stieg die fünf Stufen hinab, die vom Bürgersteig aus zum Restaurant La Cave führten, stieß die Tür auf und ging bis zum Büfett, das seit der Besatzung aus Holz war.
– Guten Tag, Monsieur Charles, sagte Mado Ptits-pieds, die gerade einen Gast bediente.
– Guten Tag, Mado, antwortete Charles, ohne sie anzusehen.
– Ist sie das? fragte Turandot.
– Genau, antwortete Charles.
– Sie ist größer, als ich dachte.
– Na und?
– Das gefällt mir nicht. Ich hab Gaby schon gesagt, keine Geschichten in meinem Haus.
– Gib mir maln Beaujolais.
Turandot schenkte ihm schweigend ein. Er sah nachdenklich aus. Charles schleuste seinen Beaujolais runter, wischte sich mit dem Handrücken den Schnurrbart ab und sah dann zerstreut nach draußen. Um dies zu tun, mußte man den Kopf heben, und man sah kaum mehr als Füße, Knöchel, Hosenumschläge und manchmal, wenn man Glück hatte, einen ganzen Hund, einen Dackel. Neben dem Klapp-

fenster hing ein Käfig, der einen traurigen Papagei beherbergte. Turandot füllt Charles' Glas und gießt auch sich ein Schlückchen aus. Mado Ptits-pieds hatte sich neben den Wirt hinters Büfett gestellt und bricht das Schweigen.
– Monsieur Charles, sagt sie, Sie sind ein Melancholiker.
– Melancholiker am Arsch, entgegnet Charles.
– Also wirklich, rief Mado Ptits-pieds, Sie sind heute nicht höflich.
– Ich finde es lustig, sagte Charles mit finsterer Miene. Das sind die Redensarten, die sie an sich hat, die Range.
– Ich verstehe nicht, sagte Turandot, dem gar nicht wohl zumute war.
– Das ist ganz einfach, sagte Charles. Sie kann kein Wort sagen, diese Göre, ohne was in der Art hinzuzufügen.
– Und sie fügt den Worten die entsprechende Geste bei? fragte Turandot.
– Noch nicht, antwortete Charles bedeutungsvoll, aber das wird noch kommen.
– Nein, nein, wimmerte Turandot, nur das nicht.
Er nahm seinen Kopf in beide Hände und machte zwecklose Scheinversuche, als wolle er ihn sich ausreißen. Dann fuhr er mit folgenden Worten in seiner Rede fort:
– Scheiße und nochmals Scheiße, ich will nicht so ne kleine Drecksau in meinem Haus, die solche Schweinereien sagt. Ich seh das schon kommen, sie wird das ganze Viertel verderben. In acht Tagen ...
– Sie bleibt nur zwei oder drei Tage, sagte Charles.
– Das ist schon zuviel! schrie Turandot. In zwei, drei Tagen wird sie Zeit genug gehabt haben, all den alten Mummelgreisen, die mich mit ihrer Kundschaft beehren, die Hand in den Hosenlatz zu stecken. Ich will keine Geschichten, hörst du, ich will keine Geschichten.
Der Papagei, der an einer seiner Krallen knabberte, senkte den Blick und, seine Toilette unterbrechend, mischte er sich in die Unterhaltung ein.

– Du quasselst, sagte Laverdure, du quasselst, das ist alles, was du kannst.
– Er hat wirklich recht, sagte Charles. Schließlich brauchst du mir ja deine Geschichten nicht zu erzählen.
– Der kann mich doch am Arsch lecken, sagte Gabriel liebevoll, aber ich frage mich nur, warum du ihm die ungeschliffenen Redensarten der Kleinen hinterbracht hast.
– Ich bin offen und ehrlich, sagte Charles. Und außerdem läßt es sich nicht verheimlichen, daß deine Nichte verdammt schlecht erzogen ist. Antworte mir, hast du so gesprochen, als du klein warst?
– Nein, antwortet Gabriel, aber ich war ja auch kein kleines Mädchen.
– Zu Tisch, sagt Marceline sanft, als sie mit der Suppenschüssel hereinkommt. Zazie, schreit sie sanft, zu Tisch.
Sanft beginnt sie, Suppenlöffelinhalte in die Teller zu gießen.
– Aha, sagt Gabriel zufrieden, Fleischbrühe.
– Übertreib doch nicht so, sagt Marceline sanft.
Endlich kommt auch Zazie herbei. Sie setzt sich mit leerem Auge hin und stellt zu ihrem Verdruß fest, daß sie Hunger hat.
Nach der Fleischbrühe gab es schwarze Blutwurst mit Majorankartoffeln und danach Leberpastete (die Gabriel aus dem Kabarett mitgebracht hatte, er konnte gar nicht anders, denn die Gänseleber stand vor seinen Händen und Klauen) und dann eine ganz süße Torte und dann in Tassen verteilten Kaffee, Kaffee, bikos Charles und Gabriel arbeiteten beide des Nachts. Charles ging gleich nach der erwarteten Überraschung einer Grenadine mit Kirsch weg, Gabriels Arbeit dagegen begann nicht vor elf Uhr. Er machte die Beine unterm und sogar überm Tisch lang und lächelte Zazie an, die steif auf ihrem Stuhl saß.
– Na, Kleine, sagte er, wird man jetzt schlafen gehn?
– Wer denn ›man‹? fragte sie.

– Nun, du natürlich, antwortete Gabriel, der in die Falle ging. Um wieviel Uhr bist du denn dort schlafen gegangen?
– Hier und dort sind doch zwei Paar Stiefel, hoffe ich.
– Ja, sagte Gabriel verständnisvoll.
– Deshalb läßt man mich doch hier, damit es nicht so ist wie dort. Oder nicht?
– Ja.
– Sagst du nur einfach ja oder denkst du auch wirklich so?
Gabriel drehte sich nach Marceline um, die lächelte:
– Siehst du, wie vernünftig so ne Kröte in dem Alter schon zu argumentieren versteht? Man fragt sich nur, warum es da eigentlich noch nötig ist, sie in die Schule zu schicken.
– Ich, erklärte Zazie, will bis fünfundsechzig in die Schule gehen.
– Bis fünfundsechzig? wiederholte Gabriel etwas erstaunt.
– Ja, sagte Zazie, ich will Lehrerin werden.
– Das ist gar kein so schlechter Beruf, sagte Marceline sanft. Da gibts ne schöne Pension.
Sie fügte das ganz automatisch hinzu, weil sie die französische Sprache gut beherrschte.
– Die Pension ist mir doch wurscht, sagte Zazie. Ich will nicht wegen der Pension Lehrerin werden.
– Natürlich nicht, sagte Gabriel, das können wir uns schon denken.
– Weshalb dann wohl? fragte Zazie.
– Das wirst du uns jetzt erklären.
– Würdest du es nicht von alleine finden, sag?
– Sie ist ja doch aufgeweckt, die Jugend von heute, sagte Gabriel zu Marceline. Und zu Zazie:
– Na, warum willst du das werden, Lehrerin?
– Um die Plagen zur Sau zu machen, antwortete Zazie. Die, die in zehn Jahren, in zwanzig Jahren, in fünfzig Jahren, in hundert Jahren, in tausend Jahren mein Alter haben werden, immer wird es Gören geben, die man zur Sau machen kann.

– Na ja, sagte Gabriel.
– Ich werde sie ganz hundsgemein behandeln. Ich werde sie den Fußboden abschlecken lassen. Ich werde sie den Schwamm fressen lassen, der an der großen Tafel hängt. Ich werde Ihnen den Zirkel in den Hintern stoßen. Ich werde ihnen den Stiefel in den Arsch treten. Denn ich werde Stiefel tragen. Im Winter. So hohe (Gebärde). Mit großen Sporen, um ihnen das Hinterfleisch zu spicken.
– Weißt du, sagte Gabriel ruhig, nach dem, was die Zeitungen schreiben, geht die moderne Erziehung keineswegs diese Richtung. Ganz im Gegenteil. Man geht den Weg der Milde, des Verstehens, der Güte. Nicht wahr, Marceline, das schreibt man doch in der Zeitung?
– Ja, antwortete Marceline sanft. Aber dich, Zazie, hat man dich in der Schule mißhandelt?
– Hätten sie sich mal erlauben sollen.
– Übrigens, sagte Gabriel, in zwanzig Jahren wird es keine Lehrerinnen mehr geben: sie werden vom Kino, vom Fernsehen, von der Elektronik und solchen Dingern ersetzt werden. Das hat neulich auch in der Zeitung gestanden. Nicht wahr, Marceline?
– Ja, antwortete Marceline sanft.
Zazie nahm diese Zukunft einen Augenblick lang in Augenschein.
– Dann, erklärte sie, werde ich eben Weltraumfahrerin.
– Ganz richtig, sagte Gabriel zustimmend. Man muß immer mit der Zeit gehen.
– Ja, fuhr Zazie fort, ich werde Weltraumfahrerin, um die Marsbewohner zur Sau zu machen.
Gabriel schlug sich begeistert auf die Schenkel.
– Die hat Ideen, die Kleine.
Er war entzückt.
– Trotzdem sollte sie zu Bett gehen, sagte Marceline sanft. Bist du nicht müde?
– Nein, antwortete Zazie gähnend.

– Sie ist müde, die Kleine, fuhr Marceline, zu Gabriel gewandt, sanft fort, sie sollte zu Bett gehen.

– Du hast recht, sagte Gabriel, der sich daranmachte, einen Befehlssatz auszuknobeln, auf den es nach Möglichkeit keine Widerrede gab.

Bevor er noch die Zeit hatte, ihn zu formulieren, fragte Zazie, ob er keinen Fernsehapparat hätte.

– Nein, sagte Gabriel. Mir ist das Cinemaskop lieber, fügte er unaufrichtig hinzu.

– Na, dann könntest du mir ja eine Cinemaskopvorstellung bezahlen.

– Es ist zu spät, sagte Gabriel. Und außerdem hab ich keine Zeit, ich beginne um elf Uhr mit meiner Arbeit.

– Wir brauchen dich nicht, sagte Zazie. Tante und ich, wir können auch alleine hingehen.

– Das würde mir nicht gefallen, sagte Gabriel langsam und mit grimmiger Miene.

Er sah Zazie fest in die Augen und fügte böse hinzu:

– Marceline geht niemals ohne mich aus.

Er fuhr fort:

– Aber das werde ich dir nicht näher erklären, Kleine, das würde zu weit führen.

Zazie wandte den Blick ab und gähnte.

– Ich bin müde, sagte sie, ich werde schlafen gehen.

Sie stand auf. Gabriel hielt ihr die Wange hin. Sie küßte ihn.

– Du hast eine zarte Haut, bemerkte sie.

Marceline begleitet sie in ihr Zimmer und Gabriel holt sich ein hübsches, schweinsledernes Necessaire mit seinen Initialen. Er macht sichs bequem, gießt sich ein großes Glas Grenadine ein, das er mit etwas Wasser temperiert, und beginnt sich die Hände herzurichten: er tat das leidenschaftlich gern, er war sehr geschickt darin und zog sich jeder Maniküre vor. Er begann ein obszönes Liedchen zu trällern, und nachdem die Heldentaten der drei Gold-

schmiede abgeschlossen waren, pfiff er, nicht allzu laut, um die Kleine nicht aufzuwecken, einige Trompetensignale aus der guten, alten Zeit, wie das Auslöschen des Feuers, den Flaggengruß, den Gefreiten Oberdepp usw.
Marceline kommt zurück.
– Sie ist gleich eingeschlafen, sagt sie sanft.
Sie setzt sich hin und schenkt sich ein Glas Kirschwasser ein.
– Ein kleiner Engel, kommentiert Gabriel in sachlichem Ton. Er bewundert den Fingernagel, den er soeben fertiggemacht hat, den des kleinen Fingers, und geht zum Nagel des Ringfingers über.
– Was sollen wir nur den ganzen Tag mit ihr tun? fragt Marceline sanft.
– Das ist gar kein so großes Problem, sagt Gabriel. Zuerst werd ich sie mal auf den Eiffelturm führen. Morgen nachmittag.
– Aber morgen früh? fragt Marceline sanft.
Gabriel wird bleich.
– Vor allem, sagt er, vor allem darf sie mich nicht aufwecken.
– Du siehst also, sagt Marceline sanft. Ein Problem.
Gabriel macht einen immer verängstigteren Eindruck.
– Kinder stehen morgens früh auf. Sie wird mich nicht schlafen lassen ... ich werde mich nicht erholen können. Du kennst mich. Ich muß ausspannen. Meine zehn Stunden Schlaf, das ist die Hauptsache. Für meine Gesundheit.
Er sieht Marceline an.
– Hattest du das nicht bedacht?
Marceline schlägt die Augen nieder.
– Ich habe dich nicht davon abhalten wollen, deine Pflicht zu tun, sagt sie sanft.
– Ich danke dir, sagt Gabriel ernst. Aber was können wir nur anstellen, damit ich sie morgen früh nicht höre?
Sie begannen nachzudenken.
– Man könnte ihr ja ein Schlafmittel geben, sagt Gabriel,

damit sie mindestens bis zum Mittag schläft oder noch besser bis um vier Uhr. Es scheint da gute Zäpfchen zu geben, durch die man dieses Ergebnis erreichen kann.
– Peng peng peng, macht Turandot diskret hinter der Tür gegen das Holz selbiger.
– Herein, sagt Gabriel.
Von Laverdure begleitet, tritt Turandot ein. Er setzt sich hin, ohne daß man ihn darum bittet, und stellt den Käfig auf den Tisch. Laverdure sieht die Flasche Grenadine mit merkwürdiger Lüsternheit an. Marceline gießt ihm ein wenig davon in sein Trinkschälchen. Turandot lehnt das Angebot ab (Gebärde). Gabriel, der mit dem Mittelfinger fertig geworden ist, macht sich an den Zeigefinger. Bis jetzt hat er noch nichts gesagt. Laverdure hat seine Grenadine runtergeschlürft. Er wischt sich den Schnabel an seiner Schaukelstange ab und ergreift das Wort wie folgt:
– Du quasselst, du quasselst, das ist alles, was du kannst.
– Ich quassele am Arsch, erwidert Turandot verdrossen.
Gabriel unterbricht seine Arbeit und sieht den Besucher böse an.
– Wiederhol maln bißchen, was du da eben gesagt hast, sagt er.
– Ich habe gesagt, sagt Turandot, ich habe gesagt: ich quassele am Arsch.
– Und was willst du damit andeuten? Wenn ich mal so sagen darf.
– Ich will damit andeuten, daß die Göre, nun, das gefällt mir gar nicht, daß sie hier ist.
– Ob dir das nun gefällt oder ob dir das nicht gefällt, hörst du, das ist mir wurscht.
– Moment mal, ich habe dir diese Wohnung ohne Kinder vermietet, und jetzt hast du eins ohne meine Erlaubnis.
– Deine Erlaubnis, ja weißt du, wo ich mir die hinstecke?
– Ich weiß, ich weiß, es fehlt gar nicht viel, daß du mir die Schmach antust, genauso zu reden wie deine Nichte.

– Das ist doch überhaupt nicht erlaubt, so unintelligent zu sein, wie du bist, wenn du weißt, was das heißt ›unintelligent‹, du dummes Arschloch.
– Da haben wirs schon, sagt Turandot, ’s geht los.
– Da quasselst, sagt Laverdure, du quasselst, das ist alles, was du kannst.
– Was geht los? fragt Gabriel drohend.
– Du fängst an, dich in einer abstoßenden Art und Weise auszudrücken.
– Jetzt geht mir der Kerl aber doch langsam auf den Wecker, sagt Gabriel zu Marceline.
– Werd bitte nicht nervös, sagt Marceline sanft.
– Ich will keine kleine Drecksau in meinem Haus, sagt Turandot in pathetischem Ton.
– Leck mich am Arsch, brüllt Gabriel. Verstehst du, leck mich am Arsch.
Er schlägt mit der Faust auf den Tisch, der an der üblichen Stelle zusammenkracht. Der Käfig geht auf die Matte, die Flasche Grenadine, das Kirschwasser, die Gläser, das Manikürgerät folgen seinem Fall, Laverdure beklagt sich brutal, der Saft ergießt sich über das Leder, Gabriel stößt einen Schrei der Verzweiflung aus und taucht, um den geschändeten Gegenstand aufzulesen. Dabei wirft er seinen Stuhl um.
Eine Tür geht auf.
– Ja Scheiße nochmal, kann man denn hier nicht mehr schlafen?
Zazie ist im Schlafanzug. Sie gähnt, dann sieht sie Laverdure feindselig an.
– Das ist ja die reinste Menagerie hier, erklärt sie.
– Du quasselst, du quasselst, sagt Laverdure, das ist alles, was du kannst.
Etwas verblüfft läßt sie von dem Tier ab, um sich Turandot vorzunehmen, über den sie sich bei ihrem Onkel erkundigt:

– Und der da, wer ist das?
Gabriel wischt seinen Manikürbeutel mit einem Zipfel des Tischtuchs ab.
– Scheiße, murmelt er, er ist beim Teufel.
– Ich werde dir einen anderen schenken, sagt Marceline sanft.
– Das ist nett, sagt Gabriel, aber in diesem Falle wäre es mir lieber, wenns kein Schweinsleder wäre.
– Was hättest du lieber? Boxkalf?
Gabriel verzieht das Gesicht.
– Galuchtat?
Grimasse.
– Russisch Leder?
Grimasse.
– Und Krokodil?
– Das wird teuer sein.
– Aber es ist handfest und schick.
– Ja, das wird das richtige sein, ich werd ihn mir selbst kaufen gehn.
Gabriel wandte sich breit lächelnd an Zazie.
– Du siehst, deine Tante ist die Güte selbst.
– Du hast mir immer noch nicht gesagt, wer das da ist.
– Das ist der Hausbesitzer, antwortet Gabriel, ein außergewöhnlicher Hausbesitzer, ein Kumpel, der Wirt aus der Kneipe unten.
– Vom Cave?
– Genau, sagt Turandot.
– Wird in Ihrer Kneipe getanzt?
– O nein, sagt Turandot.
– Armselig, sagt Zazie.
– Mach dir wegen dem nur keine Sorgen, sagt Gabriel, der verdient recht gut.
– Aber in Sänktschermängdeprä, sagt Zazie, was würde er da erst einheimsen, das kann man doch in allen Zeitungen lesen.

Es ist sehr nett, daß du dich um meine Geschäfte kümmerst, sagte Turandot mit überlegener Miene.
– Nett am A . . ., gab Zazie zurück.
Turandot stößt ein Triumphgewinsel aus.
– Ah ah, sagt er zu Gabriel, jetzt wirst du mir nicht mehr das Gegenteil behaupten wollen, ich habs gehört, ihren Ausdruck.
– Hör mal, keine Schweinigeleien, sagt Gabriel.
– Aber das bin ich doch nicht, sagt Turandot, sie ists doch.
– Er petzt, sagt Zazie, das ist gemein.
– Und außerdem reichts jetzt, sagt Gabriel. Es ist Zeit, daß ich mich verziehe.
– Das ist wohl nicht sehr lustig, Nachtwächter zu sein, sagt Zazie.
– Kein Beruf ist besonders lustig, sagt Gabriel. Und jetzt geh schlafen.
Turandot rafft den Käfig auf und sagt:
– Wir werden die Unterhaltung bei Gelegenheit noch weiterführen.
Und mit pfiffiger Miene fügt er hinzu:
– Die Unterhaltung am Arsch.
– Ist der dumm, sagt Marceline sanft.
– Dummer kann man gar nicht mehr sein, sagt Gabriel.
– Na ja denn, gute Nacht, sagt Turandot immer noch liebenswürdig, ich habe einen angenehmen Abend verbracht, hab meine Zeit nicht verschwendet.
– Du quasselst, du quasselst, sagt Laverdure, das ist alles, was du kannst.
– Er ist niedlich, sagt Zazie und sieht auf den Papagei.
– Geh schon schlafen, sagt Gabriel.
Zazie geht durch die eine Tür hinaus, die Abendbesucher durch die andere.
Gabriel wartet, bis alles ruhig ist, um ebenfalls wegzugehen. Er steigt, als anständiger Mieter, lautlos die Treppe hinab.

Aber Marceline hat einen Gegenstand gesehen, der auf der Kommode herumliegt, sie nimmt ihn, läuft zur Tür, öffnet sie und beugt sich vor, um sanft ins Treppenhaus zu rufen:
– Gabriel, Gabriel.
– Was? Was gibts denn?
– Du hast deinen Lippenstift vergessen.

3

In einer Ecke des Zimmers hatte Marceline eine Art Waschtoilette eingerichtet, einen Tisch, eine Waschschüssel, eine Kanne, genau so, wie mans in abgelegenen Bauernhäusern findet. Zazie würde sich also wie zu Hause fühlen. Aber Zazie fühlte sich nicht wie zu Hause. Sie war an das am Boden festgeschraubte Bidet gewöhnt und kannte auch, durch Benutzung, noch manches andere Wunder der sanitären Kunst. Angewidert von dieser Primitivität, befeuchtete sie sich, tupfte sich etwas Wasser hier und dort hin und fuhr sich ein einziges Mal mit dem Kamm durchs Haar. Sie sah in den Hof hinunter: nichts geschah dort. Auch in der Wohnung sah es aus, als geschähe da nichts. Das Ohr an die Tür gepreßt, vernahm Zazie keinerlei Geräusche. Lautlos verließ sie ihr Zimmer. Das Eßzimmer war dunkel und stumm. Einen Fuß vor den andern setzend wie beim Blindekuhspielen, die Wand und die Gegenstände abtastend, wenn man die Augen schließt, ist es doch noch lustiger, gelangte sie zur andern Tür, die sie mit beachtlicher Vorsicht öffnete. Dieses andere Zimmer war ebenfalls dunkel und stumm, jemand schlief friedlich darin. Zazie machte die Tür wieder zu, ging rückwärts, was am lustigsten ist, und nach sehr langer Zeit gelangte sie an eine dritte und andere Tür, die sie mit nicht weniger großer Vorsicht wie die vorhergehende öffnete. Sie stand im Vorraum, den ein mit roten und blauen Scheiben geschmücktes Fenster mühsam hell machte. Es ist noch eine Tür zu öffnen, und Zazie entdeckte das Ziel ihres Ausflugs: das Weze.

Da es eins nach englischer Art war, faßte Zazie wieder Fuß in der Zivilisation, um eine gute Viertelstunde dort zu verbringen. Sie findet das Örtchen nicht nur nützlich, sondern auch lustig. Es ist ganz sauber, becolingelackt. Das Seidenpapier knistert lustig zwischen ihren Fingern. Zu dieser Tageszeit gibt es sogar einen Sonnenstrahl: ein Lichtbrodem fällt durch das Oberlicht herab. Zazie überlegt lange, sie fragt sich, ob sie die Wasserspülung betätigen soll oder nicht. Das wird bestimmt Verwirrung stiften. Sie zögert, entschließt sich, drückt ab, der Wasserfall braust, Zazie wartet, aber nichts scheint sich gerührt zu haben, es ist ein Dornröschenhaus. Zazie setzt sich wieder hin, um sich das betreffende Märchen zu erzählen, wobei sie tolle Geschichten berühmter Schauspieler einflicht. Sie verliert sich ein wenig in der Legende, aber schließlich findet sie ihren kritischen Geist wieder, sie erklärt sich, daß die Märchen unwahrscheinlich blöde sind, und beschließt rauszugehen. Als sie wieder im Vorraum steht, entdeckt sie eine andere Tür, die vermutlich aufs Treppenhaus geht. Zazie dreht den Schlüssel um, der aus illusorischer Vorsicht im Schloß steckengeblieben ist, sie hatte richtig getippt, sie steht im Treppenhaus. Sie schließt ganz sachte die Tür hinter sich zu, dann geht sie ganz sachte hinunter. Auf der ersten Etage macht sie eine kleine Pause: nichts rührt sich. Schon ist sie im Erdgeschoß; und da ist der Hausflur, die Haustür steht offen, ein Viereck Licht, Zazie ist schon dort, sie ist draußen.

Es ist eine ruhige Straße. Die Autos kommen so selten hier vorbei, daß man auf dem Fahrweg Mühle spielen könnte. Es gibt einige Läden für den üblichen Bedarf und von provinziellem Aussehen. Personen gehen gesetzten Schrittes hin und her. Wenn sie die Straße überqueren, schauen sie erst nach links, dann nach rechts und vereinigen somit die Bürgerpflicht mit einem Übermaß an Vorsicht. Zazie ist nicht ganz enttäuscht, sie weiß, daß sie wirklich in Paris ist, daß Paris ein großes Dorf ist und daß ganz Paris nicht dieser Straße gleicht. Bloß, um das festzustellen und dessen wirklich ganz sicher zu sein, muß man weitergehen. Was sie zu tun beginnt mit unbekümmerter Miene.

Aber plötzlich kommt Turandot aus seiner Kneipe heraus und ruft ihr von der untersten Stufe aus zu:
– He, Kleine, wo willst du denn hin?
Zazie antwortet ihm nicht; sie beschleunigt lediglich ihre Schritte.
Turandot erklimmt die Stufen seiner Treppe:
– He, Kleine, ruft er hartnäckig weiter.
Zazie schlägt darauf einen sportlichen Schritt an. Sie nimmt eine vorteilhafte Kurve. Die andere Straße ist weitaus belebter. Zazie hat jetzt ein schönes Tempo drauf. Niemand nimmt sich die Zeit noch die Mühe, sie anzusehen. Aber auch Turandot galoppiert jetzt. Er flitzt sogar. Er holt sie ein, nimmt sie am Arm und ohne ein Wort zu sagen, läßt er sie mit fester Hand kehrtmachen. Zazie zögert nicht. Sie beginnt zu schreien:
– Hilfe! Hilfe!
Dieser Schrei verfehlt nicht, die Aufmerksamkeit der anwesenden Hausfrauen und Bürger auf sich zu lenken. Sie lassen von ihren persönlichen Beschäftigungen oder Beschäftigungslosigkeiten ab, um sich für den Zwischenfall zu interessieren.
Nach diesem ersten, recht befriedigenden Ergebnis legt Zazie von neuem los:
– Ich will nicht mit diesem Herrn gehen, ich kenne diesen Herrn nicht, ich will nicht mit diesem Herrn gehen.
Undsoweiter.
Turandot, der Lauterkeit seiner Sache sicher, beachtet dieses Gerede nicht.
Er sieht jedoch sehr schnell ein, daß dies ein Fehler war, denn er muß feststellen, daß er sich inmitten eines Kreises strenger Moralisten befindet.
Vor diesem auserlesenen Publikum geht Zazie von allgemeinen Betrachtungen zu speziellen, präzisen und den Umständen angemessenen Klagen über.
– Dieser Herr, sagt sie, hat schmutzige Dinge zu mir gesagt.

– Was hat er denn zu dir gesagt? fragt eine Dame, die neugierig geworden ist.
– Madame, schreit Turandot, dieses Mädchen ist zu Hause abgehauen. Ich wollte sie ihren Eltern zurückbringen.
Der Kreis hohnlacht mit schon festverankertem Skeptizismus.
Die Dame läßt nicht locker; sie beugt sich zu Zazie herab.
– Na, Kleine, hab keine Angst, sag mir, was dieser häßliche Herr zu dir gesagt hat.
– Es ist zu gemein, murmelt Zazie.
– Hat er von dir verlangt, du solltest ihm was tun?
– Genau das, Madame.
Zazie flüstert der Dame einige Einzelheiten ins Ohr. Diese richtet sich wieder auf und spuckt Turandot ins Gesicht.
– Gemeiner Drecksack, wirft sie ihm noch als Zugabe hin.
Und sie spuckt ihn ein zweites Mal von neuem an, mitten in die Visage hinein.
Ein Kerl erkundigt sich:
– Was hat er denn von ihr gewollt?
Die Dame flüstert dem Kerl die zazischen Einzelheiten ins Ohr:
– Oh! macht der Kerl, daran hatte ich nie gedacht.
Und macht dann wieder, aber eher nachdenklich:
– Nein, nie.
Er wendet sich an einen anderen Bürger:
– Aber nein, hören Sie sich das nur mal an ... (Einzelheiten). Das ist unglaublich.
– Es gibt doch wirklich abgefeimte Schweinehunde, sagt der andere Bürger.
Unterdessen verbreiten sich die Einzelheiten in der Menge.
Eine Frau sagt:
– Verstehe nicht.
Ein Mann erklärt es ihr. Er zieht ein Stück Papier aus der Tasche und macht ihr mit einem Kugelschreiber eine Zeichnung.

– Sehr schön, sagt die Frau träumerisch.
Sie fügt hinzu:
– Und ist das praktisch?
Sie spricht von dem Kugelschreiber.
Zwei Amateure diskutieren:
– Ich, erklärt der eine, ich hab mal erzählen hören, daß ... (Einzelheiten).
– Das wundert mich gar nicht, erwidert der andere, man hat mir sogar bestätigt, daß ... (Einzelheiten).
Eine Geschäftsfrau, die die Neugierde aus ihrer Butike getrieben hat, läßt sich zu einigen vertraulichen Mitteilungen hinreißen:
– Ich, die ich da zu euch spreche, kommt doch da eines Tages mein Mann auf den Gedanken ... (Einzelheiten). Ich frag euch nur, wo er diese Leidenschaft aufgegabelt haben mag.
– Er hat vielleicht ein schlechtes Buch gelesen, meint einer.
– Vielleicht. Auf jeden Fall habe ich, die ich da zu euch spreche, zu meinem Mann gesagt, du willst, hab ich zu ihm gesagt, daß? (Einzelheiten). Sittenstrolch, hab ich zu ihm gesagt. Laß dich doch von den Mockchen besuchen, wenn dir das Spaß macht, und stink mich nicht mit deinen Lastern an. Das hab ich meinem Mann geantwortet, der wollte, daß ich ... (Einzelheiten).
Man pflichtet ihr in der Runde bei.
Turandot hat nicht zugehört. Er macht sich keine Illusionen. Er nutzt das technische Interesse, das durch die Anklagen Zazies ausgelöst wurde, aus, um sich heimlich aus dem Staube zu machen. Hart an der Mauer entlang flitzt er um die Straßenecke, kommt in aller Hast in seine Kneipe zurück, schleicht sich hinter sein Büfett, das seit der Besatzung aus Holz ist, schenkt sich einen großen Humpen Beaujolais ein, kippt ihn runter und wiederholt das. Er wischt sich mit dem Ding, das ihm als Taschentuch dient, die Stirn ab.
Mado Ptits-pieds, die Kartoffeln schält, fragt ihn:

– Fehlt Ihnen was?
– Frag mich nicht. Hab nie in meinem Leben einen solchen Schiß gehabt. Diese Arschlöcher hielten mich für einen Sittlichkeitsverbrecher. Wenn ich geblieben wäre, hätten sie mich zerstückelt.
– Das wird Ihnen eine Lehre sein, den Bernhardiner spielen zu wollen, sagt Mado Ptits-pieds.
Turandot antwortet nicht. Er schaltet den kleinen Fernsehapparat in seinem Schädel ein, um in einer persönlichen Wochenschau die Szene wiederzusehen, die er soeben erlebt hatte und die ihn beinahe, wenn auch nicht in die Geschichte, so doch wenigstens in die Faktidiversialität hatte eingehen lassen. Er zitterte, als er an das Schicksal dachte, dem er entronnen war. Und von neuem fließt ihm der Schweiß übers Gesicht.
– Sakrament, Sakrament, stottert er.
– Du quasselst, sagt Laverdure, du quasselst, das ist alles, was du kannst.
Turandot wischt sich ab, schenkt sich einen dritten Beaujolais ein.
– Sakrament, macht er nochmal.
Dieser Ausdruck scheint ihm am besten die Erregung wiederzugeben, die ihn gepackt hat.
– Ja was denn, sagt Mado Ptits-pieds, Sie sind doch nicht gestorben.
– Ich hätte dich mal sehen mögen.
– Was soll denn das heißen: ›ich hätte dich mal sehen mögen‹. Sie und ich sind doch wohl zwei Paar Stiefel.
– Oh, fang nur nicht an zu streiten, ich bin gar nicht dazu aufgelegt.
– Und meinen Sie nicht, daß man den andern Bescheid sagen müßte?
– Scheiße, das ist ja wahr, ich hatte gar nicht daran gedacht.
Er läßt sein drittes Glas, das noch voll ist, stehen und wetzt los.

– Sieh an, sagt Marceline sanft, ein Trikot in der Hand.
– Die Kleine, sagt Turandot ganz außer Atem, die Kleine, nicht wahr, die ist getürmt.
Marceline antwortet nicht, geht schnurstracks ins Zimmer. Stimmt. Dasgörhatsichausdemstaubgemacht.
– Ich hab sie gesehen, sagt Turandot, ich hab versucht, sie zu schnappen. Na ja! (Gebärde).
Marceline geht in Gabriels Zimmer, schüttelt ihn, er ist schwer, schwer zu bewegen, noch schwerer aufzuwecken, er schläft gern, er schnauft und bewegt sich, wenn er schläft, schläft er, und man bringt ihn nicht so ohne weiteres zu sich.
– Was denn, was denn, schreit er schließlich.
– Zazie hat Leine gezogen, sagt Marceline sanft.
Er sieht sie an. Er gibt keinen Kommentar. Er kapiert schnell, Gabriel. Er ist nicht blöde. Er steht auf. Er geht in Zazies Schlafzimmer hinüber. Er überzeugt sich gern selbst von den Dingen, Gabriel.
– Vielleicht ist sie auf dem Weze eingesperrt, sagt er optimistisch.
– Nein, sagt Marceline sanft, Turandot hat gesehen, wie sie getürmt ist.
– Was hast du nun tatsächlich gesehen? fragt er Turandot.
– Ich hab gesehen, wie sie getürmt ist, darauf hab ich sie eingeholt und wollte sie wieder zurückbringen.
– Das ist recht, sagt Gabriel, du bistn guter Kumpan.
– Ja, aber die Kleine hat die Leute aufgewiegelt, sie hat losgeplärrt, ich hätte ihr unsittliche Anträge gemacht.
– Und das war nicht wahr? fragt Gabriel.
– Natürlich nicht.
– Das kann man nie wissen.
– Sicher, das kann man nie wissen.
– Na, siehst du.
– Laß ihn doch weitererzählen, sagt Marceline sanft.
– Ja, auf einmal stehn ne Menge Leute um mich rum, die da zusammenlaufen und Anstalten machen, mir die Fresse

vollzuhauen. Die Arschlöcher hielten mich für einen Sittlichkeitsverbrecher.
Gabriel und Marceline lachen lauthals auf.
– Aber als ich dann in einem bestimmten Augenblick sah, daß sie nicht mehr auf mich acht gaben, bin ich stiftengegangen.
– Hast du Schiß gehabt?
– Du sagst es. Hab nie in meinem Leben sone Heidenangst gehabt. Nicht mal während der Bombenangriffe.
– Ich, sagt Gabriel, hab während der Bombenangriffe nie Angst gehabt. Als es die Engländer waren, dachte ich, ihre Bomben sind ja nicht für mich bestimmt, sondern für die Fridolins, denn ich hab die Engländer mit offenen Armen erwartet.
– Das war aber ein blödes Argument, bemerkt Turandot.
– Trotzdem habe ich nie Angst gehabt, und ich hab sogar nie eins auf die Fresse gekriegt, nicht mal während der schlimmsten Angriffe. Die Fridolins dagegen hatten eine Mordsangst, sie wetzten mit angewinkelten Armen in die Luftschutzkeller, ich lachte mir eins, ich blieb draußen, um das Feuerwerk zu betrachten, und peng mitten hinein in die Chose, ein Munitionslager, das in die Luft geht, der Bahnhof pulverisiert, die Fabrik zertrümmert, die Stadt in Flammen, ein Mordsschauspiel.
Gabriel seufzt und schließt:
– Im Grunde führten wir gar kein so schlechtes Leben.
– Ich jedenfalls, sagt Turandot, hatte keinen Grund, mich über den Krieg zu freuen. Mit dem Schwarzmarkt hab ich mich wie ein Bettler durchgeschlagen. Ich weiß nicht, wie ich es angestellt habe, aber dauernd hatte ich Geldstrafen einzustecken, man gaunerte mir meine paar Habseligkeiten ab, der Staat, das Finanzamt, die Wirtschaftskontrolle, man hat mir meinen Laden zugemacht, und im Juni 44 hatte ich grade mit Mühe und Not n bißchen Gold auf die Seite gebracht, und das war mein Glück, denn in diesem

Augenblick schlägt ne Bombe ein und nichts mehr. Pech. Zum Glück hab ich diese Baracke hier geerbt, anderseits.
– Wenn mans genau besieht, brauchst du dich nicht zu beklagen, sagt Gabriel, du schiebst ne ruhige Nummer, das ist doch ein Faulenzerberuf, den du da hast.
– Ich möchte dich mal dabei sehen. Abschuften mußt du dich in diesem Beruf, und dazu ist er noch höchst ungesund.
– Was würdest du erst sagen, wenn du nachts arbeiten müßtest, wie ich. Und am Tag schlafen. Am Tag schlafen, das ist äußerst ermüdend, ohne daß es danach aussieht. Und dabei will ich noch nicht mal von einem Tag sprechen wie dem heutigen, wenn man zu einer solch ungewöhnlichen Stunde aufgeweckt wird ... Ich möchte nicht, daß es jeden Morgen so ist.
– Du wirst die Kleine einsperren müssen, sagt Turandot.
– Ich frag mich nur, warum sie abgehauen ist, murmelt Gabriel nachdenklich.
– Sie hat keinen Lärm machen wollen, sagt Marceline sanft, um dich also nicht aufzuwecken, ist sie spazierengegangen.
– Aber ich will nicht, daß sie alleine spazierengeht, sagt Gabriel, die Straße ist die Schule des Lasters, das weiß doch jeder.
– Sie hat vielleicht das getan, was die Zeitungen eine Flucht nennen, sagt Turandot.
– Das wäre gar nicht lustig, sagt Gabriel, dann müßten wir wahrscheinlich die Polente alarmieren. Und wie würde ich dann dastehen?
– Glaubst du nicht, sagt Marceline sanft, daß du versuchen solltest, sie wiederzufinden?
– Ich, sagt Gabriel, ich werde wieder schlafen gehen.
Und er schlägt die Richtung zum Schlafsack ein.
– Du würdest nur deine Pflicht tun, wenn du sie wieder einfängst, sagt Turandot.
Gabriel bricht in ein Hohngelächter aus. Er ziert sich und ahmt die Stimme Zazies nach:

– Pflicht am Arsch, erklärt er.
Er fügt hinzu:
– Sie wird schon von alleine zurückfinden.
– Nimm an, sagt Marceline sanft, nimm an, daß sie einem Lüstling in die Hände fällt?
– Wie Turandot? fragt Gabriel scherzend.
– Ich finde das nicht komisch, sagt Turandot.
– Gabriel, sagt Marceline sanft, du solltest ein wenig was tun, um sie wieder einzufangen.
– Dann geh du doch.
– Ich habe meine Wäsche auf dem Feuer.
– Sie sollten Ihre Wäsche zu den automatischen amerikanischen Dingern bringen, sagt Turandot, dann hätten Sie weniger Arbeit, so mach ichs nämlich auch.
– Und, sagt Gabriel pfiffig, wenn es ihr Spaß macht, ihre Wäsche selbst zu waschen? Ja sag mal, in was mischst du dich denn da ein? Du quasselst, du quasselst, das ist alles, was du kannst. Deine amerikanischen Dinger, die hab ich hier hängen.
Und er schlägt sich auf den Popo.
– Sieh mal an, sagt Turandot ironisch, und dabei hab ich immer geglaubt, du bist amerikafreundlich eingestellt.
– Amerikafreundlich, ruft Gabriel aus, da gebrauchste Wörter, deren Bedeutung du gar nicht kennst. Amerikafreundlich! als wenn das einen abhalten könnte, seine schmutzige Wäsche zu Hause zu waschen. Marceline und ich, wir sind nicht nur amerikafreundlich, sondern darüber hinaus, kleines Spatzenhirn, und gleichzeitig, kapierst du das, kleines Spatzenhirn, *gleichzeitig* sind wir waschfreundlich. Na, das verschlägt dir den Atem, (Pause) kleines Spatzenhirn.
Turandot findet nichts zu erwidern. Er kommt zu dem konkreten und gegenwärtigen Problem zurück, zum schmutzigen Hemd, das nicht so leicht zu waschen ist.
– Du solltest hinter der Göre herlaufen, rät er Gabriel.

– Damit mir das gleiche passiert wie dir? Damit mich der Vulgus Pegus lyncht?
Turandot zuckt die Achseln.
– Du quasselst auch, sagt er in verächtlichem Ton, du quasselst, du quasselst, das ist alles, was du kannst.
– So geh schon, sagt Marceline sanft zu Gabriel.
– Ihr fallt mir jetzt beide auf den Schlips, knurrt Gabriel.
Er geht wieder in sein Zimmer zurück, kleidet sich methodisch an, fährt sich traurig mit der Hand übers Kinn, das zu enthaaren ihm die Zeit fehlt, seufzt, erscheint wieder.
Turandot und Marceline oder eher Marceline und Turandot diskutieren über die Vor- und Nachteile von Waschmaschinen. Gabriel küßt Marceline auf die Stirn.
– Adieu, sagt er tiefernst zu ihr, ich werde jetzt meine Pflicht erfüllen gehn.
Er drückt Turandot kräftig die Hand; die Erregung, die ihm die Kehle zuschnürt, erlaubt ihm nicht, ein anderes historisches Wort auszusprechen als ›ich werde jetzt meine Pflicht erfüllen gehn‹, aber sein Blick ist verschleiert von der Melancholie, die Individuen eigen ist, auf die ein großes Schicksal wartet.
Die andern sammeln sich.
Er geht hinaus. Er ist hinausgegangen.
Draußen schnuppert er in den Wind. Er riecht nur die üblichen Düfte und besonders die, die aus dem Cave kommen. Er weiß nicht, ob er nach Norden oder nach Süden gehen soll, denn die Straße geht in diese beiden Richtungen. Ein Anruf enthebt ihn seines Zögerns. Es ist Gridoux, der Schuster, der ihm in seiner Schusterbude Zeichen macht. Gabriel geht hin.
– Ich wette, daß Sie das Mädchen suchen.
– Ja, knurrt Gabriel ohne Begeisterung.
– Ich weiß, wo sie hingegangen ist.
– Sie wissen immer alles, sagt Gabriel, ziemlich schlecht gelaunt.

Der da, sagt er sich mit seiner kleinen inneren Stimme, der weitet mir doch jedesmal, wenn ich mit ihm spreche, meine Komplexminderwertigkeit aus.

– Interessiert es Sie nicht? fragt Gridoux.

– Es interessiert mich gezwungenermaßen.

– Soll ich also erzählen?

– Die Schuhmacher sind doch seltsame Käuze, antwortet Gabriel, sie hören niemals zu arbeiten auf, man könnte fast meinen, daß sie gern arbeiten, und um zu zeigen, daß sie nie aufhören, setzen sie sich ins Schaufenster, damit man sie bewundert. Genau wie die Maschenaufnehmerinnen.

– Und Sie, entgegnet Gridoux, in was setzen Sie sich denn, um sich bewundern zu lassen?

Gabriel kratzt sich am Kopf.

– In nichts, sagt er schwach, chbin Künstler. Ich tue nichts Schlechtes. Und außerdem ist es kaum der richtige Augenblick, mich auf die Tour anzuquatschen, das eilt, die Geschichte mit der Kleinen.

– Ich rede davon, weil es mir Spaß macht, sagt Gridoux ruhig.

Er hebt die Nase von seiner Arbeit auf.

– Na, fragt er, verfluchter Schwätzer meiner Eier, wollen Sie jetzt was wissen oder nicht?

– Aber ich sage Ihnen doch, daß es eilt.

Gridoux lächelt.

– Hat Turandot Ihnen den Anfang erzählt?

– Er hat das erzählt, was ihm gepaßt hat.

– Auf jeden Fall, was Sie interessiert, ist das, was nachher passiert ist.

– Ja, sagt Gabriel, was ist denn nachher passiert?

– Nachher? Genügt Ihnen der Anfang nicht? Das ist eine Flucht, was die Range da unternimmt. Eine Flucht.

– Das ist ja heiter, murmelt Gabriel.

– Sie brauchen nur die Polizei zu verständigen.

– Das liegt mir nicht, sagt Gabriel mit sehr schwacher Stimme.
– Von alleine wird sie nicht zurückkommen.
– Das kann man nie wissen.
Gridoux zuckt die Achseln.
– Na ja, mir ist es ja letzten Endes wurscht.
– Und mir erst, sagt Gabriel, genaugenommen.
– Kann man Sie überhaupt genau nehmen?
Nun zuckt Gabriel die Achseln. Wenn der Bursche da auch noch frech wurde. Ohne ein Wort zu sagen, ging er wieder nach Hause, um sich schlafen zu legen.

4

Da Mitbürger und Klatschbasen noch kräftig weiterdiskutierten, machte sich Zazie dünne. Sie nahm die erste Straße zur Rechten, dann die nächste zur Linken und so fort, bis sie zu einem der Stadttore gelangt. Prachtvolle Wolkenkratzer von vier oder fünf Etagen säumten eine wunderbare Avenue, auf deren Bürgersteig verlauste Gemüsekörbe dicht gedrängt zusammenstanden. Eine kompakte, malvenfarbene Menge floß so ziemlich überall zäh dahin. Eine Ballonverkäuferin und Kirmesmusik fügten der Virulenz der Demonstration ihre schamhafte Note hinzu. Von dem ganzen Treiben berauscht, brauchte Zazie einige Zeit, bis sie bemerkte, daß nicht weit von ihr entfernt ein barockes Schmiedewerk, das auf dem Bürgersteig aufgestellt war, die Inschrift *Metro* trug. Sofort vergaß Zazie das Schauspiel der Straße und näherte sich, den Mund trocken vor Erregung, der Öffnung. Mit kleinen Schritten ging sie um das Schutzgeländer herum, bis sie schließlich den Eingang entdeckte. Aber das Gitter war heruntergelassen. Eine hängende Schiefertafel trug eine mit Kreide geschriebene Inschrift, die Zazie mühelos entziffern konnte. Der Streik dauerte an. Ein Geruch von eisenhaltigem, entwässertem Staub stieg gemach aus dem verbotenen Abgrund. Vom Schmerz überwältigt, begann Zazie zu weinen.

Sie fand so großen Gefallen daran, daß sie sich auf eine Bank setzte, um dort komfortabler zu flennen. Nach kurzer Zeit wurde sie übrigens durch die Wahrnehmung einer nachbarlichen Gegenwart von ihrem Schmerz abgelenkt. Sie wartete voller Neugier auf das, was sich nun ereignen würde. Es wurden Worte erzeugt, die von einer männlichen Fistelstimme ausgestoßen wurden, und diese Worte bildeten den folgenden Fragesatz:

– Na, mein Kind, haben wir großen Kummer?
Angesichts der stupiden Heuchelei dieser Frage verdoppelte Zazie das Volumen ihrer Tränen. So viele Schluchzer schienen sich in ihrer Brust zu drängen, daß sie schier nicht die Zeit hatte, alle zu ersticken.
– Ist es denn so schlimm? fragte man.
– O ja, Monsieur.
Nun wars aber wirklich an der Zeit, sich mal die Fresse des Satyrs anzusehen. Zazie fuhr sich mit der Hand übers Gesicht, wobei sie die Sturzbäche ihrer Tränen in schlammige Gräben verwandelte, und wandte sich dem Kerl zu. Sie wollte ihren Augen nicht recht trauen. Er war mit einem großen schwarzen Schnurrbart, einer Melone, einer Musspritze und breiten Latschen versehen. Das ist doch nicht möglich, sagte sich Zazie mit ihrer kleinen inneren Stimme, das ist doch nicht möglich, das ist ja ein Schmierenschauspieler, einer aus der alten Zeit. Sie vergaß sogar, über ihn zu lachen.
Er machte eine Art liebenswürdige Grimasse und hielt dem Kind ein Taschentuch von erstaunlicher Sauberkeit hin. Nachdem Zazie es an sich genommen hatte, schmierte sie etwas von dem feuchten Dreck dran, der auf ihren Wangen stagnierte, und vervollständigte diese milde Gabe durch eine reichliche Menge Rotz.
– Nun beruhige dich schon, sagte der Kerl in aufmunterndem Ton, was hast du denn? Haben dich deine Eltern geschlagen? Hast du etwas verloren und hast nun Angst, daß sie dich ausschimpfen werden?
Alles Annahmen. Zazie gab ihm sein sehr feucht gewordenes Taschentuch zurück. Der andere zeigte kein Zeichen von Ekel, als er diesen Schmutz in seinen Hosensack zurücksteckte. Er fuhr fort:
– Du mußt mir alles sagen. Hab keine Angst. Du kannst ruhig Vertrauen zu mir haben.
– Warum? fragte Zazie stammelnd und tückisch.

– Warum? fragte der Kerl aus der Fassung gebracht.

Er fing an, mit seiner Musspritze auf dem Asphalt herumzukratzen.

– Ja, sagte Zazie, warum sollte ich Vertrauen zu Ihnen haben?

– Aber, antwortete der andere und ließ nach, auf dem Boden herumzuscharren, weil ich Kinder gern hab. Die kleinen Mädchen. Und die kleinen Jungens.

– Sie sind ein alter Drecksack, das sind Sie.

– Keineswegs, erklärte der Kerl mit einem Ungestüm, das Zazie in Erstaunen setzte.

Diesen Erfolg ausnützend, bot ihr der Herr an, ein Cacocalo für sie zu bestellen, dort, in der erstbesten Kneipe, was so viel hieß wie: am hellichten Tag, vor allen Leuten, ein sehr anständiges Angebot also. Zazie, die nicht zeigen wollte, wie sehr sie der Gedanke begeisterte, sich ein Cacocalo einzuverleiben, machte sich daher daran, ernsthaft die Menge in Augenschein zu nehmen, die sich auf der anderen Seite des Fahrdamms zwischen zwei Reihen Obstkörben hindurchkanalisierte.

– Was treiben denn all diese Leute? fragte sie.

– Die gehen zum Flohmarkt, sagte der Kerl, oder besser gesagt, der Flohmarkt geht zu ihnen, denn er fängt dort an.

– Ach, der Flohmarkt, sagte Zazie mit der Miene jemandes, der sich nicht beeindrucken lassen will, das ist dort, wo man ganz billig Rembrandts findet, die man dann einem Ami weiterverkauft und man hat seinen Tag gut ausgenutzt.

– Es gibt nicht nur Rembrandts dort, sagte der Kerl, es gibt auch hygienische Schuhsohlen, Lavendel, Nägel und sogar Jacken, die noch nicht getragen waren.

– Gibt es auch Überschußwaren aus den amerikanischen Heeresbeständen?

– Selbstverständlich. Und auch Pommes-frites-Buden. Gute Pommes frites. Am Morgen gemacht.

– Das ist prima, die amerikanischen Überschußwaren.
– Wenn man will, gibt es sogar Miesmuscheln. Gute. Die nicht giftig sind.
– Haben sie auch Bludschins bei ihren amerikanischen Überschußwaren?
– Keine Falte, die die nicht haben. Und Kompasse, die in der Dunkelheit funktionieren.
– Die Kompasse sind mir wurscht, sagte Zazie. Aber die Bludschins (Schweigen).
– Wir können ja mal hingehen, sagte der Kerl.
– Und dann? sagte Zazie. Ich hab keinen roten Heller, um sie mir zu kaufen. Ich müßte mir schon ein Paar klauen.
– Gehen wir trotzdem mal hin, sagte der Kerl.
Zazie hatte ihr Cacocalo ausgetrunken. Sie sah den Kerl an und sagte zu ihm:
– Ich merke schon, was Sie mit Ihrem Schmus im Sinn haben.
Sie fügte hinzu:
– Gehen wir?
Der Kerl bezahlt, und sie tauchen in der Menge unter. Zazie zuckelt los. Achtlos streicht sie an den Nummernschildgraveuren, den Glasbläsern, den Vorführern von Krawattennadeln, den Arabern, die Uhren anbieten, und den Zigeunern, die alles mögliche anbieten, vorbei. Der Kerl ist ihr hart auf den Fersen, er ist ebenso durchtrieben wie Zazie. Zwar hat sie im Augenblick noch keine Lust, ihn sich vom Hals zu schaffen, aber sie macht sich darauf aufmerksam, daß es nicht bequem sein wird. Kein Zweifel, das ist ein Spezialist.
Sie bleibt jäh vor einem Ramschkundenlocker stehen. Die rührt sich nicht mehr. Sie rührt sich überhaupt nicht mehr. Der Kerl bremst hart, direkt hinter ihr. Der Händler knüpft ein Gespräch an.
– Haben Sie an dem Kompaß Spaß? fragt er zuversichtlich. An der Taschenlampe? An dem Schlauchboot?

Zazie zittert vor Begierde und Angst, denn sie ist ganz und gar nicht sicher, ob der Kerl wirklich unsaubere Absichten hat. Sie wagt das zweisilbige und angelsächsische Wort nicht auszusprechen, das sagen würde, was sie sagen will. Der Kerl tut das.

– Haben Sie keine Bludschins für die Kleine? fragt er den Wiederverkäufer. Das ist es doch, was du gern haben möchtest?

– O jaaa, jauchzt Zazie.

– Und ob ich Bludschins habe, sagt der Flohhändler, das will ich meinen. Ich hab sogar welche, die positiv unverwüstlich sind.

– Jaa, sagt der Kerl, aber Sie können sich doch wohl denken, daß sie noch weiter wachsen wird. Nächstes Jahr kann sie die Dinger bestimmt nicht mehr anziehen, und was soll sie dann damit tun?

– Dann wird es fürs Brüderchen oder fürs Schwesterchen sein.

– Hat sie nicht.

– Bis in einem Jahr kann das noch kommen (Lachen).

– Reißen Sie keine Witze über sowas, sagt der Kerl mit unheilverkündender Miene, ihre arme Mutter ist tot.

– Ooo, Entschuldchung!

Zazie sieht den Satyr einen Augenblick lang voller Neugierde, ja sogar voller Interesse an, aber das sind Nebensächlichkeiten, denen man später noch auf den Grund gehen kann. Innerlich strampelt sie, sie kann nicht mehr an sich halten, sie fragt:

– Hätten Sie meine Größe?

– Aber selbstverständlich, Mademoiselle, antwortet der Jahrmarktfritze mit dem roten Absatz.

– Und was kostet das?

Wieder ist es Zazie, die diese Frage gestellt hat. Automatisch. Nicht, weil sie geizig, sondern weil sie sparsam ist. Der andere sagt es, wieviel das kostet. Der Kerl nickt mit

dem Kopf. Er sieht nicht aus, als fände er das so teuer. Wenigstens schließt Zazie das aus seinem Verhalten.
– Kann ich mal anprobieren? fragt sie.
Dem Krempler verschlägts den Atem: sie glaubt sich wohl bei Fior, diese kleine, dumme Gans. Er lächelt hübsch, wobei er alle Zähne zeigt, um zu sagen:
– Nicht nötig. Sehen Sie mal die hier.
Er breitet das Kleidungsstück auseinander und hält es ihr vor. Zazie macht ne Schnute. Sie hätte gern anprobiert.
– Wirdse nicht zu groß sein? fragt sie.
– Sehn Se her! Sie wird Ihnen nicht weiter als bis zur Wade gehn, und jetzt sehn Se sich das mal an, ob die nicht eng ist, da kommn Se grad noch so rein, Mademoiselle, obwohl Se ja ganz schmal sind, da gibts nichts gegen zu sagen.
Zazie ist ganz trocken im Hals. Bludschins. Einfach so. Bei ihrem ersten Pariser Ausflug. Das wär ne Masche.
Der Kerl sieht plötzlich verträumt aus. Man könnte meinen, daß er gar nicht mehr an das denkt, was um ihn herum vorgeht.
Der Händler legt wieder los:
– Sie werden es bestimmt nicht bereuen, drängt er, sie ist unverwüstlich, positiv unverwüstlich.
– Ich hab Ihnen doch schon gesagt, daß es mir wurscht ist, ob sie unverwüstlich ist oder nicht, antwortet der Kerl zerstreut.
– Und doch ist die Unverwüstlichkeit nicht nichts, beharrt der Händler.
– Aber, sagt der Kerl plötzlich, um darauf zurückzukommen, so scheint mir, wenn ich recht verstehe, daß die Bludschins aus den amerikanischen Heeresbeständen stammen?
– Naturally, antwortet der Schausteller.
– Na, werden Sie mir das vielleicht erklären können: hatten die Dreikäsehochs in ihrer Armee, die Amis?
– Die hatten von allen Sorten, antwortet der Schausteller, der nicht aus der Fassung zu bringen ist.

Der Kerl schien nicht ganz überzeugt.
– Na ja, sagt der Wiederverkäufer, der sich wegen der Weltgeschichte nicht gern ein Geschäft durch die Lappen gehen lassen will, man braucht von allen Sorten, um nen Krieg zu machen.
– Und das? fragt der Kerl, was kostet das?
Es ist eine Sonnenbrille. Er zieht sie an.
– Das ist ne Beigabe für jeden Käufer von Bludschins, sagt der Kolporteur, der das Geschäft schon in der Tasche sieht. Zazie ist dessen nicht so sicher. Ja, was überlegt er denn noch, will er sich nicht endlich entschließen? Worauf wartet er denn? Was glaubt er denn? Was will er denn? Das ist bestimmt ein gemeiner Kerl, nicht son armer, wehrloser Sittenstrolch, sondern ein richtiges, gemeines Schwein. Musichmichinachtnehmn, musichmichinachtnehmn, musichmichinachtnehmn. Tja, aber die Bludschins ...
Endlich ist es soweit. Er bezahlt. Die Ware wird eingepackt, und der Kerl nimmt das Paket unter den Arm, unter seinen eigenen Arm. Zazie fängt in ihrem Dadrin feste zu stänkern an. Ist denn das Theater noch nicht zu Ende?
– Und jetzt, sagt der Kerl, werden wir mal n bißchen was futtern gehn.
Selbstsicher geht er voraus. Zazie folgt ihm und linst auf das Paket. Er schleppt sie so bis zu einem Restaurant hinter sich her. Sie setzen sich. Das Paket wird auf einen Stuhl gelegt, außerhalb Zazies Reichweite.
– Was willst du? fragt der Kerl. Miesmuscheln oder Pommes frites?
– Beides, antwortet Zazie, die spürt, wie sie vor Wut wahnsinnig wird.
– Bringen Sie der Kleinen mal Miesmuscheln, sagt der Kerl ruhig zu der Bedienung. Und mir bringen Sie nen Muskateller mit zwei Stücken Zucker. Während man auf das Fressen wartet, wird nichts gesprochen. Der Kerl raucht friedlich. Als die Miesmuscheln gebracht werden, stürzt sich

Zazie drauf, tunkt in die Soße, patscht in den Saft, bekleckert sich damit. Die Lamellibranchiata, die dem Gekochtwerden widerstanden haben, werden in ihrer Schale mit merowingischer Wildheit bezwungen. Daß die Göre nicht reinbeißt, ist alles. Nachdem sie alles runtergeschafft hat, sagt sie hinsichtlich der Pommes frites nicht nein. Gut, macht der Kerl. In kleinen Schlücken, als wärs ne warme Chartreuse, kostet er seine Mixtur. Die Pommes frites werden gebracht. Sie sind außerordentlich heiß. Zazie, freßgierig, verbrennt sich die Finger, aber nicht' s Maul.

Nachdem alles vollbracht ist, stürzt sie in einem Zug ihren Halben runter, stößt drei kleine Rülpser aus und hängt erschöpft auf ihrem Stuhl. Ihr Gesicht, über das fast anthropophagische Schatten gezogen waren, hellt sich wieder auf. Voller Befriedigung denkt sie daran, daß sie immerhin mal das intus hat. Dann fragt sie sich, ob es nicht an der Zeit wäre, was Liebenswürdiges zu dem Kerl zu sagen, aber was? Sie gibt sich viel Mühe und findet dies:

– Brauchen Sie aber lange Zeit, bis Sie Ihren Pott runtergekippt haben. Papa soff in der gleichen Zeit zehn von der Sorte.

– Trinkt er viel, dein Papa?

– Trank er, müssen Sie sagen. Er ist tot.

– Bist du sehr traurig gewesen, als er gestorben ist?

– Wo denken Sie hin (Gebärde). Dazu hab ich gar keine Zeit gehabt, bei all dem, was passiert ist (Schweigen).

– Und was ist passiert?

– Ich würde gern noch nen Halben trinken, aber kein Dünnbier, sondern nen richtigen Halben richtiges Bier.

Der Kerl bestellt für sie und verlangt einen Kaffeelöffel. Er will rausfischen, was von dem Zucker noch im Glas zurückgeblieben ist. Während er sich dieser Tätigkeit hingibt, zischt Zazie den Schaum ihres Halben, dann antwortet sie:

– Lesen Sie Zeitung?
– Manchmal.
– Erinnern Sie sich noch an die Näherin aus Saint-Montron, die ihrem Mann mit dem Hackbeil den Schädel gespalten hat? Nun, das war Mama. Und der Mann, das war natürlich Papa.
– Ah, macht der Kerl.
– Erinnern Sie sich nicht dran?
Er sieht nicht aus, als sei er seiner Sache sehr sicher. Zazie ist empört.
– Scheiße nochmal, das hat immerhin ziemlich Staub aufgewirbelt. Mama hatte nen Rechtsanwalt, der extra aus Paris gekommen war, einen ganz berühmten, einer, der nicht so quasselt wie Sie und ich, kurz, ein Arschloch. Trotzdem hat ers fertiggebracht, daß sie freigesprochen wurde, so (Gebärde), den Finger in der Nase. Die Leute haben Mama sogar Beifall geklatscht, und es hat nicht viel gefehlt, daß sie sie im Triumph aus dem Gericht getragen hätten. Warn toller Jahrmarktsrummel an jenem Tag. Nur eine Sache hat Mama Kummer gemacht, nämlich, daß sich der Pariser, der Rechtsanwalt, nicht mit Wurstscheiben bezahlen ließ. War verwöhnt, der Sack. Ein Glück, daß Georges da war, um für die Rechnung herzuhalten.
– Und wer war dieser Georges?
– Ein Metzger. Ganz rosig. Mamas Louis. Er hat ihr auch das Hackbeil gegeben (Schweigen), um ihr Holz zu spalten (kurzes Auflachen).
Vornehm zischt sie ein Schlückchen Bier, und es fehlt nur, daß sie den kleinen Finger dabei wegstreckt.
– Aber das ist lange nicht alles, fügt sie hinzu, ich, die Sie mich da vor sich sehen, ich hab sogar im Prozeß ausgesagt, und zwar unter Ausschluß der Öffentlichkeit.
Der Kerl reagiert nicht.
– Glauben Sie mir etwa nicht?

– Natürlich nicht. Das ist ja gesetzlich gar nicht erlaubt, ein Kind, das gegen seine Eltern aussagt.

– Erstens war von den Eltern nur noch einer da, primo, und außerdem verstehn Sie auch nichts davon. Sie müßten nur mal zu uns nach Saint-Montron rauskommen, da würd ich Ihnen mal n Heft zeigen, in das ich alle Zeitungsartikel reingeklebt habe, in denen von mir die Rede ist. Georges hat mir sogar zu Weihnachten, als Mama im Bau saß, ein Abonnement für den Argus de la Presse geschenkt. Kennen Sie den Argus de la Presse?

– Nein, sagt der Kerl.

– Erbärmlich. Und so was will mit mir diskutieren.

– Warum solltest du denn unter Ausschluß der Öffentlichkeit ausgesagt haben?

– Gelt, das interessiert Sie?

– Nicht sonderlich.

– Können Sie sich aber mal verstellen.

Vornehm zischt sie ein Schlückchen Bier, und es fehlt nur, daß sie den kleinen Finger dabei wegstreckt. Der Kerl rührt sich nicht (Schweigen).

– Na, sagt Zazie schließlich, nun schmollen Se mal nicht. Ich werd sie Ihnen schon erzählen, meine Geschichte.

– Ich höre zu.

– Also gut. Sie müssen nämlich wissen, daß Mama Papa nicht riechen konnte, und das hat Papa traurig gemacht, und er hat angefangen zu saufen. Was hat der in sich reingegossen. Wenn er dann in diesem Zustand war, mußte man sich vor ihm in acht nehmen, denn da hätte er sogar die Katze gegriffen. Wie in dem Lied. Kennen Sie es?

– Ich weiß schon, sagt der Kerl.

– Um so besser. Also dann weiter: eines Tages, an einem Sonntag, kam ich vom Fußballplatz zurück, Stade Sanctimontronais hatte gegen den Roten Stern von Neuflize gespielt, ein Freundschaftsspiel, gar nicht übel. Interessieren Sie sich für den Sport?

– Ja. Für den Catch.
Zazie betrachtet die bescheidene Figur des Kerls und lacht spöttisch.
– In der Kategorie Zuschauer, sagt sie.
– Der Witz ist doch alt, sagt der Kerl kalt.
Vor Wut gießt sich Zazie ihren Halben hinter die Binde, dann hält sie 's Maul.
– Na, sagt der Kerl, nun schmoll mal nicht. Erzähl schon weiter.
– Interessiert Sie meine Geschichte?
– Ja.
– Dann haben Sie vorhin also gelogen?
– Erzähl schon weiter!
– Werden Sie bloß nicht nervös. Sie wären dann nämlich nicht mehr in der Lage, meine Geschichte richtig aufzunehmen.

5

Der Kerl schwieg, und Zazie fuhr mit diesen Worten in ihrer Rede fort.

– Papa war also ganz allein zu Hause, ganz allein wartete er, er wartete auf nichts Besonderes, trotzdem wartete er, und er war allein, oder besser gesagt, er glaubte, er sei allein, aber warten Sie nur, Sie werden gleich verstehn. Ich komm also nach Hause, Papa war besoffen wie n Schwein, er fängt also an, mich abzuküssen, was ganz normal war, da er ja mein Papa war, aber dann fängt er an mich abzuknutschen und gewagte Griffe und so, drauf sag ich, nichts da, denn ich begriff, worauf er hinaus wollte, der Drecksack, aber als ich zu ihm gesagt habe, nichts da, da spielt sich nichts ab, saust er zur Tür, dreht den Schlüssel rum und steckt den Schlüssel in die Tasche und rollt mit den Augen und macht dabei ah ah ah genau wie im Kino, es war einfach doll. Du wirst jetzt in die Pfanne hüpfen, deklamierte er, du wirst jetzt in die Pfanne hüpfen, und er geiferte sogar ein wenig, als er diese wüsten Drohungen ausstieß, und dann sprang er mich an. Ich hab keine Mühe, ihm auszuweichen. Da er vollkommen besoffen war, fällt er glatt auf die Fresse. Er steht wieder auf. Er rennt wieder hinter mir her, kurzum, es war ne regelrechte Corrida. Und dann hat er mich schließlich gekriegt. Und wieder gehts los mit dem Geknutsche und den gewagten Griffen. Aber in diesem Augenblick geht sachte die Tür auf, denn Mama, müssen Sie wissen, hatte nur so gesagt, ich gehe jetzt weg, Spaghetti einkaufen und Schweinekoteletts, aber das war gar nicht wahr, sie hat nur so getan, und dann hat sie sich in die Waschküche verdrückt, dort wo sie das Hackbeil versteckt hatte, und sie kam ganz sachte wieder zurückgeschlichen, und natürlich hatte sie ihr Schlüsselbund bei sich. Gar nicht so dumm, das Biest, wie?

– Allerdings, sagte der Kerl.

– Nun, sie öffnet also ganz sachte die Tür und kommt ganz ruhig rein, Papa der arme Knacker dachte natürlich an ganz andere Dinge, er paßte nicht auf und merkte nichts, und so kam es, daß ihm auf einmal der Schädel gespalten war. Also das muß man Mama schon lassen, nen guten Streich hat sie geführt. Das sah nicht schön aus. Scheußlich sogar. Ich hab fast Komplexe von bekommen. Und so ist sie denn freigesprochen worden. Es hat gar nichts genützt, daß ich gesagt habe, daß Georges ihr das Hackbeil zugesteckt hat, sie haben gesagt, daß wenn man nen Mann hat, der wo n Drecksack ist von dem Kaliber, daß es da nur eins gibt, ihn umlegen. Ich hab Ihnen ja gesagt, man hat sie sogar beglückwünscht. Das ist doch die Höhe, finden Sie nicht auch?

– Die Leute ... sagte der Kerl ... (Gebärde).

– Hinterher hat sie mich angekotzt, verfluchte Dreckpinke hat sie zu mir gesagt, hast du denn unbedingt diese Geschichte mit dem Hackbeil erzählen müssen? Ja was denn, hab ich ihr geantwortet, wars vielleicht nicht die Wahrheit? Verfluchte Dreckpinke, hat sie nochmal gesagt, und sie wollte mich verdrasseln, und das in der allgemeinen Freude. Aber Georges hat sie beruhigt, und dann war sie so stolz, daß sie von Leuten beklatscht worden war, die sie gar nicht kannte, daß sie an nichts mehr anderes denken konnte. Einige Zeit wenigstens.

– Und danach? fragte der Kerl.

– Na ja, danach fing Georges an, um mich rumzustreichen. Darauf hat Mama gesagt, daß sie doch nicht alle töten könne und so, daß das mit der Zeit n bißchen komisch aussehn würde, und dann hat sie ihn rausgeschmissen, sie hat wegen mir auf ihren Scheich verzichtet. Ist das nicht gut?

– Das schon, sagte der Kerl konziliant.

– Bloß, vor nicht allzulanger Zeit hat sie nen andern gefunden, und das hat sie auch nach Paris geführt, sie läuft hinter ihm her, aber mich, um mich nicht allein zu lassen und allen Sittlichkeitsverbrechern preiszugeben, und es gibt ne ganze Menge davon, mich hat sie Onkel Gabriel anvertraut. Es hat den Anschein, als hätte ich bei ihm nichts zu befürchten.
– Und warum nicht?
– Das weiß ich auch nicht. Ich bin erst gestern angekommen und habe noch keine Zeit gehabt, das auszumachen.
– Und was tut der Onkel Gabriel?
– Er ist Nachtwächter, er steht niemals vor zwölf, ein Uhr auf.
– Und da hast du dich verdrückt, während er noch ratzte.
– Genau das.
– Und wo wohnst du?
– Dort (Gebärde).
– Und warum hast du vorhin auf der Bank geweint?
Zazie antwortet nicht. Er geht ihr jetzt langsam auf den Wecker, der Kerl.
– Du hast dich verirrt, wie?
Zazie zuckt die Achseln. Das ist wirklich ein dreckiger Kerl.
– Könntest du mir die Adresse von Onkel Gabriel sagen?
Mit ihrer kleinen inneren Stimme hält sich Zazie große Reden: ja sowas, in was mischen wir uns denn da ein, was glaubtn der wohl, das wird ihm nicht von ungefähr kommen, was ihm jetzt passieren wird.
Plötzlich steht sie auf, schnappt sich das Paket und haut ab. Sie stürzt sich in die Menge, schlängelt sich zwischen den Leuten und den Obstkörben hindurch, flitzt im Zickzack immer geradeaus, biegt dann kurzentschlossen nach rechts, dann wieder nach links ein, sie läuft, dann marschiert sie, eilt sich und macht dann langsamer, fällt wieder in Trott, macht Umwege und nimmt Kurven.
Sie wollte gerade anfangen, sich über das Männeken lustig

zu machen und über das Gesicht, das er wohl schneiden würde, als sie merkte, daß sie sich zu früh gefreut hatte. Jemand ging neben ihr. Gar nicht nötig aufzusehen, um zu wissen, daß es der Kerl war, sie tat es trotzdem, man kann ja nie wissen, vielleicht war es doch ein anderer, aber nein, es war der gleiche, er sah gar nicht so aus, als finde er, daß etwas Außergewöhnliches passiert sei, er ging ganz ruhig neben ihr her. Zazie sagte nichts. Den Blick nach unten gerichtet, nahm sie die Nachbarschaft in Augenschein. Man war aus dem Hauptgetriebe herausgekommen und befand sich jetzt in einer mittelbreiten Straße, die bevölkert war von braven Leuten mit Idiotenköpfen, Familienvätern, Pensionären, und Frauen, die ihre Gören spazierenführten, kurz, ein goldrichtiges Publikum. Da ist schon alles in Butter, sagte sich Zazie mit ihrer kleinen inneren Stimme. Sie schöpfte Atem und öffnete den Mund, um ihren Kriegsschrei auszustoßen: Hilfe, ein Sittlichkeitsverbrecher! Aber der Kerl war nicht mitm letzten Regen runtergefallen. Böse entriß er ihr das Paket, schüttelte sie hin und her und stieß dabei energisch folgende Worte aus:
– Schämst du dich denn nicht, du kleine Diebin, während ich den Rücken gewandt hatte.
Dann richtete er das Wort an die Menge, die sich ansammelte:
– Ach, die Halbstarken, seht nur mal her, was sie mir klauen wollte. Und er hob das Päckchen hoch und schwenkte es über seinem Kopf.
– Ein Paar Bludschins, heulte er. Ein Paar Bludschins wollte sie mir klauen, die Lumpenkröte.
– Das ist doch wirklich traurig, kommentierte eine Hausfrau.
– Schlechte Saat, sagte eine andere.
– Schweinerei, sagte eine dritte, hat man denn dieser Kleinen niemals beigebracht, daß das Eigentum heilig ist?
Der Kerl fuhr fort, die Göre auszuschimpfen.

– Und was würdest du sagen, wenn ich dich zur Polizei bringen würde? Zur Polizei? Dann kämst du ins Gefängnis. Ins Gefängnis. Und du kämst vors Jugendgericht. Und die Erziehungsanstalt wäre das dicke Ende. Denn man würde dich verurteilen. Zur Höchststrafe verurteilen.
Eine Dame der besseren Gesellschaft, die zu den seltenen Nippsachen unterwegs war und zufällig hier vorbeikam, hatte die Gewogenheit, stehen zu bleiben. Sie erkundigte sich bei der Volksmenge nach der Ursache des Verweises, und nachdem sie nicht ohne Mühe verstanden hatte, worum es sich handelte, wollte sie an das Gefühl der Menschlichkeit appellieren, das in diesem seltsamen Individuum, dessen Melone, schwarzer Schnurrbart und geschwärzte Brillengläser die Bevölkerung nicht im geringsten zu erstaunen schienen, vielleicht vorhanden sein mochte.
– Monsieur, sagte sie, haben Sie doch Mitleid mit diesem Kind. Es ist nicht verantwortlich für die schlechte Erziehung, die es vielleicht empfangen hat. Zweifellos hat es der Hunger dazu getrieben, eine solch häßliche Handlung zu begehen, aber das darf man ihm nicht allzu, ich sage sehr wohl ›allzu‹ übelnehmen. Haben Sie denn noch niemals Hunger gehabt (Schweigen), Monsieur?
– Ich, Madame, antwortete der Kerl bitter (im Kino machen sie's nicht besser, sagte sich Zazie), ich? Hunger gehabt haben? Aber Madame, ich bin ein Kind der öffentlichen Fürsorge . . .
Die Menge erzitterte in einem Gemurmel von Mitleid. Der Kerl macht sich die Wirkung seiner Worte zunutze, spaltet sie, die Menge, und zieht Zazie mit sich fort, wobei er in tragischem Ton deklamiert: wir werden schon sehen, was sie dazu sagen, deine Eltern.
Dann schweigt er. Eine Weile gehen sie schweigend nebeneinander her, und plötzlich sagt der Kerl:
– Sowas, jetzt hab ich meine Musspritze in der Kneipe stehenlassen.

Er sprach mit halblauter Stimme zu sich selbst, aber Zazie brauchte nicht lange, um Schlußfolgerungen aus dieser Bemerkung zu ziehen. Das war kein Sittlichkeitsverbrecher, der sich das Aussehen eines falschen Bullen gab, sondern ein richtiger Bulle, der sich das Aussehen eines falschen Sittlichkeitsverbrechers gab, der sich das Aussehen eines richtigen Bullen gibt. Daß er seine Musspritze vergessen hatte, war ein Beweis dafür. Diese Schlußfolgerung schien ihr unbestreitbar, und Zazie fragte sich, ob es nicht ein köstlicher Spaß wäre, den Onkel mit einem Bullen zu konfrontieren, einem richtigen. Und so gab sie ihm ohne Zögern ihre Adresse an, als der Kerl erklärt hatte, daß dem gar nicht so sei, und wo sie wohne. Der Spaß war in der Tat köstlich: als Gabriel, nachdem er die Tür geöffnet und Zazie gerufen hatte, die fröhliche Ankündigung hörte: ›Onkel, hier istn Bulle, der mal mit dir sprechen will‹, mußte er sich an der Wand festhalten und wurde ganz grün. Es ist zwar wahr, daß es an der Beleuchtung liegen konnte, es war so duster im Eingang, aber der Kerl machte ein Gesicht, als bemerkte er nichts, Gabriel sagte einfach zu ihm, kommen Sie doch rein mit etwas unsicherer Stimme.

Sie gingen ins Eßzimmer, und Marceline stürzte sich auf Zazie, ganz außer sich vor Freude, dieses Kind wiederzusehen. Gabriel sagte zu ihr: biete dem Herrn doch etwas an, aber der andere gab ihnen ausdrücklich zu verstehen, daß er nichts runterschlucken wolle, der war nicht so wie Gabriel, der verlangte, daß man ihm eine Flasche Grenadine bringe.

Der Kerl hatte sich auf eigene Initiative hingesetzt, während sich Gabriel ein hübsches Quantum Likör eingoß, den er mit etwas Wasser verdünnte.

– Wollen Sie wirklich nichts trinken?

– (Gebärde).

Gabriel kippte das Stärkungsmittel runter, stellte das Glas

auf den Tisch und wartete mit starrem Auge, aber der Kerl sah gar nicht aus, als wolle er plaudern. Zazie und Marceline standen daneben und belauerten sie.
Das hätte noch lange so dauern können.
Schließlich fand Gabriel etwas, um die Unterhaltung einzuleiten.
– So so, sagte Gabriel, dann sind Sie also von der Polente?
– Nie im Leben, rief der andere in herzlichem Ton, ich bin nur ein armer Jahrmarkthändler.
– Glaub es nicht, sagte Zazie, das ist ein armer Bulle.
– Wir müßten uns einig werden, sagte Gabriel schwach.
– Die Kleine scherzt, sagte der Kerl mit gleichbleibender Gutmütigkeit. Ich bin unter dem Namen Warenstock-Pedro bekannt, und Sie können mich jeden Samstag, Sonntag und Montag auf dem Flohmarkt sehen, wo ich an die Bevölkerung die verschiedensten Gegenstände verteile, die die Amiarmee bei der Befreiung des Gebietes hinter sich herumliegen ließ.
– Und Sie verteilen sie kostenlos? fragte Gabriel leicht interessiert.
– Sie machen wohl nen Scherz, sagte der Kerl. Ich tausche sie gegen Kleingeld um (Schweigen). Außer im vorliegenden Falle.
– Was wollen Sie damit sagen? fragte Gabriel.
– Ich will damit ganz einfach sagen, daß mir die Kleine (Gebärde) ein Paar Bludschins geklaut hat.
– Wenn es das ist, sagte Gabriel, die wird sie Ihnen zurückgeben.
– Der Drecksack, sagte Zazie, er hat sie mir ja wieder abgeholt.
– Na also, sagte Gabriel zu dem Kerl, worüber beklagen Sie sich dann?
– Ich beklage mich eben, das ist alles.
– Sie gehören mir, die Bludschins, sagte Zazie. Nicht ich hab sie ihm, sondern er hat sie mir geklaut. Ja. Und außer-

dem ist er ein Bulle. Nimm dich in acht vor ihm, Onkel Gabriel.

Gabriel, der ganz und gar nicht beruhigt war, goß sich ein neues Glas Grenadine ein.

– Das ist nicht recht klar, diese ganze Geschichte, sagte er. Wenn Sie von der Polente sind, versteh ich nicht, warum Sie feilschen, und wenn Sie nicht von der Polente sind, seh ich nicht ein, warum Sie mir Fragen stellen.

– Verzeihung, sagte der Kerl, ich stelle doch keine Fragen, sondern Sie.

– Das stimmt, gab Gabriel objektiv zu.

– Da hamwas, sagte Zazie, er läßt sich in die Tasche stecken.

– Vielleicht bin ich nun an der Reihe, Fragen zu stellen, sagte der Kerl.

– Antworte nur vor deinem Rechtsanwalt, sagte Zazie.

– Laß mich in Ruhe, sagte Gabriel. Ich weiß schon, was ich zu tun habe.

– Er wird dich noch so weit bringen, daß du alles sagst, was er hören will.

– Sie hält mich fürn Idiot, sagte Gabriel liebenswürdig an den Kerl gewandt. Das ist die Jugend von heute.

– Man hat keinen Respekt mehr vor den Alten, sagte der Kerl.

– Das ist ja direkt gräßlich, so ein blödes Geschwätz zu hören, erklärte Zazie, der ein Gedanke kommt. Ich zieh es vor, mich zu verduften.

– Sehr richtig, sagt der Kerl. Wenn die Personen des zweiten Geschlechts sich für einen Augenblick zurückziehen könnten.

– Und wie, sagt Zazie hohnlachend.

Als sie aus dem Zimmer ging, nahm sie diskret das Päckchen an sich, das der Kerl auf einem Stuhl vergessen hatte.

– Wir lassen euch allein, sagt Marceline sanft und zieht sich ebenfalls zurück.

Sie macht sanft die Tür hinter sich zu.
– Na, sagt der Kerl (Schweigen), auf die Tour leben Sie also von der Prostitution kleiner Mädchen?
Gabriel tut so, als wolle er sich zu einer theatralischen Gebärde des Protests aufraffen, aber er schrumpft sofort wieder zusammen.
– Ich, Monsieur? murmelt er.
– Ja, entgegnet der Kerl, ja, Sie. Sie werden mir doch nicht etwa das Gegenteil behaupten wollen?
– Doch, Monsieur.
– Sie sind aber dreist. Diese Kleine ist in flagranti erwischt worden, wie sie am Flohmarkt auf den Strich ging. Ich hoffe wenigstens, daß Sie sie nicht den Arabern verkaufen.
– Niemals, Monsieur.
– Und auch nicht den Polen?
– Auch nicht, Monsieur.
– Bloß den Franzosen und den wohlhabenden Touristen.
– Bloß überhaupt nichts.
Die Grenadine begann zu wirken. Gabriel kam wieder zu Kräften.
– Sie leugnen also? fragt der Kerl.
– Und wie.
Der Kerl lächelt teuflisch, wie im Kino.
– Und nun verraten Sie mir mal, Sie munterer Knabe, säuselt er, welches Ihr Beruf ist oder ihre Tätigkeit, hinter dem oder hinter der Sie Ihre strafbaren Handlungen verbergen?
– Ich wiederhole Ihnen, daß ich keine strafbaren Handlungen begehe.
– Keine Geschichten. Beruf?
– Künstler.
– Sie? Ein Künstler? Die Kleine hat mir gesagt, daß Sie Nachtwächter sind.
– Sie weiß das nicht besser. Und außerdem sagt man den Kindern nicht immer die Wahrheit. Nicht wahr?

– Mir sagt man sie.
– Aber Sie sind ja auch kein Kind (liebenswürdiges Lächeln).
Eine Grenadine?
– (Gebärde).
Gabriel gießt sich noch ein Glas Grenadine ein.
– Nun, fährt der Kerl fort, welche Art von Künstler?
Gabriel schlägt bescheiden die Augen nieder.
– Schönheitstänzerin, antwortet er.

6

– Was erzählen sie sich denn? fragte Zazie, während sie in die Bludschins schlüpfte.
– Sie sprechen zu leise, sagte Marceline sanft und drückte ihr Ohr an die Tür. Ich kann einfach nichts verstehen.
Sie log sanft, die Marceline, denn sie hörte den Kerl ganz deutlich, wie er gerade sagte: Ach so, dann hat Ihnen die Mutter das Kind also deshalb anvertraut, weil Sie ein Hinterlader sind? Und Gabriel antwortete: Aber ich sage Ihnen doch, daß ich keiner bin. Sicher, ich kloppe als Frau verkleidet meine Nummer in einem Nachtlokal ab, in dem nur Schwule verkehren, aber das hat doch nichts zu sagen. Das ist doch nur, damit die Leute was zum Lachen haben. Verstehen Sie, die lachen sich krumm, wegen meiner Figur. Aber ich persönlich bin keiner. Außerdem bin ich ja verheiratet, und das ist doch Beweis genug.
Zazie betrachtete sich im Spiegel und sabberte vor Begeisterung. Sie standen ihr einfach gut, die Bludschins, man konnte wirklich nicht anders sagen, als daß sie ihr gut standen. Sie strich sich mit den Händen über ihren tadellos und vollkommen geformten kleinen Hintern und seufzte tief vor Zufriedenheit.
– Hörst du wirklich nichts? fragte sie. Überhaupt nichts?
– Nein, antwortete Marceline sanft und immer noch so verlogen wir vorhin, denn der Kerl sagte: Das hat gar nichts zu sagen. Auf jeden Fall werden Sie doch nicht leugnen wollen, daß Ihnen die Mutter das Kind nur deshalb anvertraut hat, weil sie Sie für einen Schwulen hält; und Gabriel mußte es zugeben. Da ist schon was dran, gab er zu.
– Wie findest du mich? sagte Zazie. Ist das nicht fesch?
Marceline ließ vom Zuhören ab und betrachtete sie.

– Kleiden sich die Mädchen jetzt so? fragte sie sanft.
– Gefällt es dir nicht?
– Oh, doch. Aber sag mal, bist du auch ganz sicher, daß der gute Mann nichts sagen wird, weil du ihm sein Paket weggenommen hast?
– Aber ich sag dir doch schon die ganze Zeit, daß sie mir gehören. Der wird n Gesicht machen, wenn er mich damit sehen wird.
– Hast du etwa die Absicht, dich darin sehen zu lassen, bevor er weggegangen ist?
– Ich will, sagte Zazie. Ich bleib doch nicht hier, bis ich verschimmelt bin.
Sie ging durchs Zimmer, um ihr Ohr gegen die Tür zu kleben. Sie hörte den Kerl, der sagte: Verflixt, wo hab ich denn mein Päckchen hingelegt.
– Sag mal, Tante Marceline, sagte Zazie, machst du dich über mich lustig oder bist du wirklich taub? Man versteht nämlich sehr gut, was sie sich erzählen.
– Nun, und was erzählen sie sich?
Zazie sah im Augenblick davon ab, die Frage der eventuellen Schwerhörigkeit ihrer Tante näher zu untersuchen und hing ihr Lappohr von neuem an das Holz der Tür. Der Kerl sagte gerade: Na sowas, das wär ja n starkes Stück, ich hoffe, die Kleine hat es mir nicht geklaut, mein Päckchen. Und Gabriel meinte: Sie hatten es vielleicht gar nicht bei sich. Doch, sagte der Kerl, wenn die Kleine es mir geklaut hat, dann gibts aber Krawall.
– Kann der sich aber aufregen, sagte Zazie.
– Geht er noch nicht? fragte Marceline sanft.
– Nein, sagte Zazie. Jetzt hat ers mit dir.
– Vielleicht hat Ihre Dame mein Päckchen geklaut, sagte der Kerl. Vielleicht würde sie auch gern Bludschins tragen, Ihre Dame. Das ganz bestimmt nicht, sagte Gabriel, ganz bestimmt nicht. Wie wollen Sie denn das so genau wissen? entgegnete der Kerl, bei einem Mann, der hormosechsuelle

Manieren hat, kann sie schon mal auf solche Gedanken kommen.

– Was ist denn ein Hormosechsueller? fragte Zazie.

– Das ist ein Mann, der Bludschins anzieht, sagte Marceline sanft.

– Du erzählst mir Märchen, sagte Zazie.

– Gabriel sollte ihn vor die Tür setzen, sagte Marceline sanft.

– Das ist ne prima Idee, sagt Zazie. Dann mißtrauisch:

– Hätterdn genug Mumm dazu?

– Das wirst du gleich sehen.

– Warte, ich gehe als erste rein.

Sie öffnete die Tür, und mit lauter und klarer Stimme sprach sie die folgenden Worte:

– Na, Onkel Gabriel, wie findest du meine Bludschins?

– Willst du sie wohl schnell wieder ausziehen, rief Gabriel erschrocken, und sie sofort dem Herrn zurückgeben.

– Zurückgeben, denkste, erklärte Zazie. Dazu ist kein Grund, sie gehören mir.

– Ich bin nicht ganz sicher, sagte Gabriel kläglich.

– Ja, sagte der Kerl, zieh das aus, und zwar im Galopp.

– Schmeiß ihn doch raus, sagte Zazie zu Gabriel.

– Du bist gut, sagte Gabriel. Erst sagst du mir, daß er n Bulle ist, und dann möchtest du, daß ich mich an ihm vergreife.

– Wenn er auch n Bulle ist, darf man doch keine Angst vor ihm haben, sagte Zazie großspurig. Das istn Drecksack, der mir unsittliche Anträge gemacht hat, wir werden also vor den Richter gehn mit ihm und wenn er hundertmal ein Bulle ist, und die Richter kenn ich, die mögen die kleinen Mädchen gern, die werden den Drecksack von Bullen zum Tode verurteilen und guillotinieren und ich werde mir seinen Kopf aus dem Kleienkorb herausholen und ich werd ihm in seine dreckige Visage spucken, ha.

Bei der Beschwörung dieser Abscheulichkeiten schloß Gabriel zitternd die Augen. Er wandte sich an den Kerl:

– Haben Sie das gehört? sagte er zu ihm. Das müssen Sie sich mal überlegen. Kinder sind doch schrecklich.
– Onkel Gabriel, rief Zazie, ich schwöre dir, daß sie mir gehören, die Bludschins. Du mußt mich verteidign, Onkel Gabriel. Du mußt mich verteidign. Was wird meine Mama sagen, wenn sie erfährt, daß du mich von einem Eckensteher hast beleidigen lassen, von einem Halbidioten und vielleicht sogar einem Sonntagsfahrer.
– Scheiße, fügte sie mit ihrer kleinen inneren Stimme für sich selbst hinzu, ich bin doch ebensogut wie die Michèle Morgan in der *Kameliendame*.
Wirklich ergriffen von der Pathetik dieser Anrufung, gab Gabriel seiner Ratlosigkeit Ausdruck in diesen gemessenen Worten, die er medza votche und sozusagen quasi in petto aussprach:
– Es ist immerhin unangenehm, sich einen Bullen auf den Pelz zu hetzen.
Der Kerl lacht höhnisch.
– Was Sie aber auch gleich denken, sagte Gabriel errötend.
– Ja hören Sie mal, sehen Sie denn nicht, was Ihnen alles zur Nase raushängt? sagte der Kerl, und sein Ausdruck wurde immer mephistophelischer: Kuppelei, Anstiftung zum Diebstahl, Hormosechsualität, Eonismus, balanische Hypospadie, das wird Ihnen alles zusammen so etwa zehn Jahre Zuchthaus einbringen.
Dann wandte er sich an Marceline:
– Und Madame? Wir möchten auch einige Auskünfte über Madame haben.
– Welche denn? fragte Marceline sanft.
– Du darfst nur vor deinem Anwalt sprechen, sagte Zazie. Onkel hat ja nicht auf mich hören wollen, jetzt siehst du, wie er in der Patsche sitzt.
– Willst du wohl stille sein, sagte der Kerl zu Zazie. Ja, fuhr er fort, könnte Madame mir vielleicht sagen, welchen Beruf sie ausübt?

– Sie ist Hausfrau, antwortete Gabriel aufgebracht.
– Und was für Aufgaben hat sie da? fragte der Kerl ironisch.
Gabriel sieht Zazie an und flinkert ihr mit den Augen, damit sich die Kleine darauf vorbereite, das Folgende gründlich auszukosten.
– Was sie da für Aufgaben hat? sagt er anaphorisch. Zum Beispiel die Wohnung auszumisten.
Er packt den Kerl am Kragen, zieht ihn auf den Treppenabsatz und wirft ihn in die unteren Regionen.
Das macht Lärm: einen gedämpften Lärm.
Die Dunstkiepe geht den gleichen Weg. Sie macht weniger Lärm, obgleichs ne Melone ist.
– Toll, rief Zazie begeistert aus, während der Kerl unten seine Knochen auflas und seinen Schnurrbart und seine schwarze Brille wieder an ihren Platz brachte.
– Was darfs sein? fragte ihn Turandot.
– Was zum Aufmuntern, sagte der Kerl mit à propos.
– Ja, da gibts so viele Marken.
– Mir ists egal.
Er setzte sich an einen der hinteren Tische.
– Was soll ich ihm nur geben, überlegt Turandot hin und her. Einen Fernet-Branca?
– Das ist doch ungenießbar, sagt Charles.
– Du hast es vielleicht noch nie versucht. Das ist gar nicht so schlecht, und außerdem ist es sehr gut für den Magen. Du solltest es mal probieren.
– Dann schütt mir mal n bißchen ins Glas, sagt Charles konziliant.
Turandot gießt ihm voll bis oben hin.
Charles benetzt sich die Lippen, gibt ein kleines plätscherndes Geräusch von sich, dann wieder eins, schmeckt nachdenklich, bewegt die Lippen, schluckt dann und nimmt einen zweiten Schluck.
– Na? fragt Turandot.
– Das ist nicht übel.

– Noch ein wenig?
Turandot füllt das Glas von neuem und stellt die Flasche wieder aufs Regal. Er stöbert weiter und entdeckt noch was anderes.
– Ich hab auch Feuerwasser, sagt er.
– Das ist doch unmodern. Heutzutage müßt es Atomwasser geben.
Diese Beschwörung der Weltgeschichte ruft allgemeine Heiterkeit hervor.
– Na, ruft Gabriel, der mit Hochdampf in die Kneipe gestürmt kommt, na, ihr scheint euch ja nicht zu langweilen. Euch gehts nicht wie mir. So ne Geschichte. Schenk mir ne Grenadine aus, aber gut voll, nicht viel Wasserbrühe, ich brauch was Starkes zum Aufmöbeln. Wenn ihr wüßtet, was ich eben erlebt hab.
– Das kannst du uns nachher erzählen, sagt Turandot etwas geniert.
– Ach, guten Tag du, sagt Gabriel zu Charles. Bleibst du zum Mittagessen bei uns?
– Das war doch so abgemacht?
– Ich erinnere dich ja auch nur dran.
– Da gibts nichts zu erinnern. Ich hatte es nicht vergessen.
– Na ja, sagen wir, daß ich dir meine Einladung bestätige.
– Die brauchst du mir gar nicht zu bestätigen, denn es war ja abgemacht.
– Du bleibst also zum Mittagessen bei uns, schloß Gabriel, der immer das letzte Wort haben wollte.
– Du quasselst, du quasselst, sagte Laverdure, das ist alles, was du kannst.
– Trink schon, sagte Turandot zu Gabriel.
Gabriel befolgte den Rat.
– (Seufzer). Sone Geschichte. Habt ihr Zazie in Begleitung eines Kerls zurückkommen sehen?
– Jaa, japsten Turandot und Mado Ptits-pieds diskret.
– Ich bin hinterher gekommen, sagte Charles.

– Habt ihr den Knaben eigentlich nicht zurückkommen sehen, sagte Gabriel.
– Weißt du, sagte Turandot, ich hab nicht die Zeit gehabt, ihn mir richtig anzusehen, deshalb bin ich auch nicht sicher, ob ich ihn wiedererkenne, aber vielleicht ist es der Kerl, der da hinter dir an einem Tisch sitzt.
Gabriel drehte sich um. Der Kerl saß dort auf einem Stuhl und wartete geduldig auf seinen Trank.
– Verflucht nochmal, sagte Turandot, es stimmt ja. Tschuldigung, ich hatte Sie ganz vergessen.
– Bitte, machte der Kerl höflich.
– Was meinen Sie zu einem Fernet-Branca?
– Wenn Sie mir dazu raten.
In diesem Augenblick läßt sich Gabriel, grünlich geworden, kraftlos auf den Fußboden gleiten.
– Das wären also zwei Fernet-Branca, sagt Charles und rafft den Kumpan auf.
– Zwei Fernet-Branca, zwei, antwortet Turandot mechanisch.
Die Ereignisse haben ihn nervös gemacht, es gelingt ihm nicht, die Gläser zu füllen, seine Hand zittert, er schüttet bräunliche Lachen daneben, die Pseudopoden ausschicken und sich daranmachen, das ganze Büfett zu besudeln, das seit der Besatzung aus Holz ist.
– Geben Sie schon her, sagt Mado Ptits-pieds und reißt dem aufgeregten Wirt die Flasche aus den Händen. Turandot reibt sich die Stirn trocken. Der Kerl schlürft friedlich sein endlich serviertes Stärkungsmittel. Charles kneift Gabriel in die Nase und gießt ihm die Flüssigkeit zwischen die Zähne. Es tröpfelt ein wenig an den Mundwinkeln herunter. Gabriel niest.
– Alter Strauchdieb, sagt Charles herzlich zu ihm.
– Schwächling, bemerkt der Kerl aufgekratzt.
– Das dürfen Sie nicht sagen, sagt Turandot. Er hat sich bewährt. Im Krieg.

– Was hat er denn getan? fragt der andere uninteressiert.
– Er war Zwangsarbeiter, antwortet der Wirt und gießt der Runde eine neue Portion Fernet ein.
– Ah, macht der Kerl gleichgültig.
– Sie erinnern sich vielleicht nicht mehr, sagt Turandot. Man vergißt ja so schnell. Die Zwangsarbeit. In Deutschland. Erinnern Sie sich nicht?
– Das beweist nicht unbedingt eine starke Natur, bemerkt der Kerl.
– Und die Bomben? sagt Turandot. Haben Sie die Bomben vergessen?
– Und was tat er mit den Bomben, Ihr starker Mann? Hat er sie vielleicht mit den Armen aufgefangen, damit sie nicht explodieren?
– Ihr Witz ist gar nicht komisch, sagt Charles, der langsam nervös wird.
– Streitet euch doch nicht, murmelt Gabriel, der wieder Kontakt mit der Landschaft gewinnt.
Er tut einen kleinen Schritt, der ein wenig zu zögernd ist, um wahr zu sein, und klappt vor einem Tisch zusammen, der zufällig der des Kerls ist. Gabriel zieht eine kleine, malvenfarbene Fahne aus der Tasche und betupft sich damit das Gesicht. Mondamber und Silbermoschus erfüllen die Kneipe mit Wohlgeruch.
– Puh, macht der Kerl, Ihre Wäsche stinkt.
– Sie werden mich doch nicht wieder erzürnen wollen? fragt Gabriel und sieht schmerzvoll drein. Immerhin stammt dieses Parfüm von Fior.
– Man muß die Leute verstehn, sagt Charles. Es gibt halt so Lumpenkerle, die das nicht mögen, was raffiniert ist.
– Raffiniert, da muß ich ja lachen, sagt der Kerl, das hat man höchstens in einer Kakaraffinerie raffiniert, jawohl.
– Da haben Sie gar nicht so unrecht, ruft Gabriel fröhlich aus. Es hat den Anschein, als sei selbst in den Erzeugnissen der besten Firmen ein Tropfen davon enthalten.

– Selbst im Eau de Cologne? fragt Turandot, der sich schüchtern der auserlesenen Gruppe nähert.

– Was kannst du schwer von Begriff sein, sagt Charles. Siehst du denn nicht, daß Gabriel jeden Blödsinn nachplappert, den er irgendwo aufschnappt, auch wenn er nichts davon versteht?

– Man muß es eben aufgeschnappt haben, um es nachzuplappern, gab Gabriel zurück. Bist du jemals imstande gewesen, eine Dummheit rauszukotzen, die du selbst gefunden hättest?

– Man darf auch nicht übertreiben, sagt der Kerl.

– Was denn übertreiben? fragt Charles.

Der Kerl ist nicht aus der Fassung zu bringen.

– Sagen Sie niemals Dummheiten? fragt er arglistig.

– Der glaubt, das sei sein alleiniges Recht, sagt Charles zu den beiden andern. So ein Angeber.

– Das ist mir alles nicht recht klar, sagt Turandot.

– Wovon sind wir denn eigentlich ausgegangen? fragt Gabriel.

– Ich sagte, daß du gar nicht imstande bist, ganz allein alle die Dummheiten zu finden, die du von dir gibst, sagt Charles.

– Was für Dummheiten hab ich denn von mir gegeben?

– Ich weiß nicht mehr. Du produzierst ja so viele.

– In diesem Falle dürftest du keine Mühe haben, mir eine davon zu zitieren.

– Ich, sagt Turandot, der nicht mehr mitkam, ich laß euch jetzt allein mit euren Dissertationen. Es kommen Gäste.

Die Mittagesser kamen an, einige mit ihrem Kochgeschirr. Man hörte Laverdure, der sein du quasselst, du quasselst, das ist alles, was du kannst, ausstieß.

– Ja, sagte Gabriel nachdenklich, worüber sprachen wir denn?

– Über nichts, anwortete der Kerl. Über nichts.

Gabriel sah ihn angeekelt an.

– Na dann, sagte er. Was hab ich dann hier zu suchen?
– Du bist hergekommen, um mich abzuholen, sagte Charles. Erinnerst du dich noch? Ich esse bei dir zu Mittag, und dann fahren wir mit der Kleinen zum Eiffelturm.
– Ach ja.
Gabriel stand auf, und von Charles gefolgt, ging er weg, ohne den Kerl zu grüßen.
Der Kerl rief (Gebärde) Mado Ptits-pieds heran.
– Da ich schon mal hier bin, sagt er, werde ich auch hier zu Mittag essen.
Auf der Treppe blieb Gabriel stehen, um seinen Freund Charles zu fragen:
– Glaubst du nicht, daß es höflich gewesen wäre, ihn zum Essen einzuladen?

7

Gridoux aß an Ort und Stelle zu Mittag, damit ihm kein Kunde durch die Lappen ginge, falls einer käme; Tatsache ist, daß zu dieser Tageszeit nie ein Kunde aufkreuzte. Sein Mittagsmahl an Ort und Stelle einzunehmen bot also einen doppelten Vorteil, denn da zu dieser Stunde nie ein Kunde erschien, konnte Gridoux seinen Knaust in aller Ruhe futtern. Der Knaust bestand im allgemeinen aus einem Teller Kartoffelbuletten, die Mado Ptits-pieds ihm gleich nach der Feuerprobe gegen ein Uhr ungefähr herüberbrachte.

– Ich glaubte, heut gäbs Kaldaunen, sagte Gridoux und tauchte, um sich seinen Liter Rotwein zu angeln, der in einer Ecke stand.

Mado Ptits-pieds zuckte die Achseln. Kaldaunen? Ein Mythos! Und Gridoux wußte es genau.

– Und der Kerl? fragte Gridoux. Was treibt er?

– Er vespert noch. Er spricht nicht.

– Stellt er keine Fragen?

– Nichts.

– Und Turandot, spricht er nicht mit ihm?

– Er traut sich nicht.

– Er ist nicht neugierig.

– Nicht weil er nicht neugierig ist, sondern weil er sich nicht traut.

– Jaaa.

Gridoux machte sich hinter seine Klöße, deren Temperatur auf einen vernünftigen Grad heruntergegangen war.

– Und hinterher? fragte Mado Ptits-pieds, was solls da sein? Briekäse? Camembert?

– Ist der Briekäse schön?

– Er läuft nicht allzu schnell.

– Dann bring den andern.
Als Mado Ptits-pieds weggehen wollte, fragte Gridoux:
– Und er? Was hat er gefuttert?
– Wie Sie, genau das gleiche.
Sie lief, um die zehn Meter zurückzulegen, die den Schusterladen vom *Cave* trennten. Sie würde nachher etwas ausführlicher antworten. Gridoux fand tatsächlich, daß die Auskünfte vollkommen ungenügend waren, indes scheint er bis zum Auftauchen eines morosen Käses, der von dem zurückgekehrten Serviermädchen präsentiert wird, seine Meditation damit zu nähren.
– Na? fragte Gridoux. Der Kerl?
– Er trinkt seinen Kaffee aus.
– Und was erzählt er?
– Immer noch nichts.
– Hat er gut gegessen? Mit gutem Appetit?
– Das kann man schon sagen. Er ist kein Kostverächter.
– Was hat er als Vorspeise genommen? Sardinen oder Tomatensalat?
– Wie Sie, hab ich Ihnen doch gesagt, genau wie Sie. Keine Vorspeise.
– Und welches Getränk?
– Roten.
– Einen Viertel? Einen Halben?
– Einen Halben. Er hat ihn restlos ausgetrunken.
– Aha, macht Gridoux interessiert.
Bevor er sich an den Käse heranmachte, entfernte er durch eine geschickte Saugbewegung nachdenklich einige Rindfleischfasern, die an mehreren Stellen seines Gebisses eingeklemmt waren.
– Und in bezug auf das Weze, fragte er noch. Ist er nicht aufs Weze gegangen?
– Nein.
– Nicht mal zum Pissen?
– Nein.

– Nicht mal, um sich die Griffel zu waschen?
– Nein.
– Und was fürn Gesicht macht er jetzt?
– Gar keins.
Gridoux klemmt sich jetzt hinter eine große Käsestulle, die er methodisch zubereitet hat, und schiebt dabei die Kruste ans äußere Ende, um sich so das Beste bis zum Schluß aufzusparen.
Mado Ptits-pieds sieht ihm zerstreut zu. Sie hats überhaupt nicht mehr eilig, obgleich ihr Dienst noch nicht zu Ende ist, es sind Gäste da, die wahrscheinlich ihre Rechnung verlangen, der Kerl vielleicht, zum Beispiel. Sie lehnt sich an die Schusterbank, und die Gelegenheit ausnützend, daß Gridoux beim Fressen nicht schwatzen konnte, fing sie von ihren persönlichen Problemen an.
– Er ist n seriöser Kerl, sagte sie. Ein Mann, der nen Beruf hat. Nen guten Beruf sogar, denn ne Taxe ist doch gut, nicht wahr?
– (Gebärde).
– Nicht zu alt. Nicht zu jung. Gute Gesundheit. Kräftig gebaut. Bestimmt Ersparnisse. Alles gute Eigenschaften, die Charles hat. Er ist nur eins: er ist zu romantisch.
– Das ja, gab Gridoux zu, während er schluckte.
– Ich könnte grad was an mich kriegen, wenn ich sehe, wie er in ner Frauenzeitschrift die Herzenspost oder die Heiratsanzeigen durchschmökert. Wie können Sie nur glauben, sag ich zu ihm, wie können Sie nur glauben, daß Sie dadrin den erträumten Vogel finden werden? Wenn er nämlich so gut wäre, der Vogel, könnt er ganz von allein aus dem Nest fliegen, stimmts nicht?
– (Gebärde).
Gridoux ist beim letzten Bissen angelangt. Er ißt seine Käsestulle fertig auf, kippt gesetzt ein Glas Wein runter und stellt die Flasche weg.
– Und Charles? fragt er, was antwortet er darauf?

– Er antwortet so dummes Zeug, das man nicht ernst nehmen kann, wie: und dein Vogel, haste dir den oft aus dem Nest holen lassen? Lauter Blödsinn, wissen Sie (Seufzer). Er will mich nicht verstehn.
– Du mußt dich ihm erklären.
– Ich hab schon dran gedacht, aber die Gelegenheit bietet sich nie. Manchmal begegnen wir uns zum Beispiel auf der Treppe, dann schieben wa ne kurze Nummer auf den Stufen. Aber wissen Sie, in diesem Augenblick da steht mir der Sinn nicht danach (Schweigen) – mit ihm zu reden, wie's sich gehört (Schweigen). Ich müßt ihn mal abends zum Essen einladen. Glauben Sie, daß er die Einladung annehmen würde?
– Auf jeden Fall wär es nicht nett von ihm, wenn er ablehnen würde.
– Das ist es ja, Charles ist gar nicht immer nett.
Gridoux machte eine Gebärde des Zweifels. Auf seiner Türschwelle schrie der Wirt: Mado!
– Ich komme schon, antwortete sie mit der Kraft, die nötig war, damit ihre Worte die Luft mit der erwünschten Geschwindigkeit und Lautstärke spalteten. Auf jeden Fall, fügte sie für Gridoux in gemäßigterem Ton hinzu, frag ich mich, was das Weib, das er durch die Zeitung finden würde, nach seiner Vorstellung wohl Besseres aufzuweisen hätte als ich: ne Goldschneck oder was?
Ein neuerliches Gekreisch Turandots erlaubte ihr nicht, noch andere Hypothesen aufzustellen: Sie bringt das Geschirr weg, und Gridoux ist wieder allein mit seinen Latschen und der Straße. Er dreht sich langsam eine von seinen fünf täglichen Zigaretten und beginnt bedächtig zu rauchen. Fast könnte man sagen, als scheine es, daß es so aussähe, als dächte er über etwas nach. Als die Zigarette beinahe aufgeraucht ist, streift er die Glut ab und legt die Kippe sorgfältig in eine Bonbonschachtel, eine Gewohnheit aus der Besatzungszeit. Dann fragt ihn jemand, hätten Sie nicht

zufällig einen Schnürsenkel für mich, meiner ist gerissen. Gridoux hebt die Augen, und er hätte gewettet, daß es der Kerl ist, der folgendermaßen fortfährt:

– Es gibt nichts Unangenehmeres, finden Sie nicht auch?

– Ich weiß nicht, antwortet Gridoux.

– Ich brauche gelbe. Kastanienbraune, wenn es Ihnen lieber ist. Aber keine schwarzen.

– Ich werde nachsehen, was ich habe, sagt Gridoux. Ich kann Ihnen aber nicht garantieren, ob ich alle Farben da hab, die Sie von mir wollen.

Er rührt sich nicht vom Fleck und begnügt sich damit, seinen Gesprächspartner zu betrachten. Der tut, als merke er es nicht.

– Irisfarbene will ich natürlich auch nicht.

– Was für welche?

– Regenbogenfarbene.

– Die fehlen mir im Augenblick. Und andere Farben hab ich auch nicht mehr.

– Und dort in der Schachtel, sind das keine Schnürsenkel? Gridoux knurrt:

– Sagen Sie mal, Sie, ich kann es verdammt nicht vertragen, wenn man bei mir rumschnaust.

– Aber Sie werden sich doch nicht weigern wollen, einem Mann einen Schnürsenkel zu verkaufen, der unbedingt einen braucht. Das wäre das gleiche, wie einem Hungrigen eine Scheibe Brot abzuschlagen.

– Es reicht schon. Versuchen Sie bloß nicht, mich auf die rührselige Tour weich zu machen.

– Und ein Paar Schuhe? Würden Sie sich weigern, ein Paar Schuhe zu verkaufen?

– Ah, ruft Gridoux aus, da sind Sie aber mal reingefallen.

– Und warum?

– Weil ich Schuhmacher bin und kein Schuhhändler. Ne sutor ultra crepidam, wie die Alten sagten. Verstehen Sie vielleicht Latein? Usque non ascendam anch'io son pittore adios amigos amen und hoppla. Aber es stimmt ja, Sie können das ja gar nicht verstehen, Sie sind ja kein Geistlicher, Sie sind ja Bulle.

– Wo haben Sie denn das her, wenn ich fragen darf?

– Bulle oder Sittlichkeitsverbrecher.

Der Kerl zuckte ruhig die Achseln und sagte ohne Überzeugung und ohne Bitterkeit:

– Beleidigungen, das ist der Dank dafür, wenn man ein verlorenes Kind seinen Eltern zurückbringt. Beleidigungen.

Und nach einem langen Seufzer fügte er hinzu:

– Aber was für Eltern!

Gridoux löste den Hintern von seinem Stuhl, um mit drohender Miene zu fragen:

– Und was ist an den Eltern auszusetzen? Was haben Sie ihnen vorzuwerfen?

– Oh, gar nichts (Lächeln).

– Aber so sagen Sie es doch ruhig.

– Der Onkel ist eine Tante.

– Das ist nicht wahr, brüllte Gridoux los, das ist nicht wahr, ich verbiete Ihnen, so etwas zu sagen.

– Sie haben mir gar nichts zu verbieten, mein Lieber. Sie haben mir keine Befehle zu geben.

– Gabriel, sagte Gridoux feierlich, Gabriel ist ein anständiger Bürger, ein anständiger und ehrenwerter Bürger. Übrigens ist er bei allen im Viertel beliebt.

– Eine Verführerin.

– Sie fallen mir langsam auf den Schlips, Sie, mit Ihrem überlegenen Gehabe. Ich erkläre Ihnen noch einmal, daß Gabriel kein Schwuler ist, ist Ihnen das klar, ja oder nein.

– Beweisen Sie es doch, sagte der andere.

– Nicht schwer, antwortete Gridoux. Er ist verheiratet.

– Das beweist gar nichts, sagte der andere. Sehen Sie, Heinrich der Dritte zum Beispiel war auch verheiratet.

– Und mit wem? (Lächeln).

– Mit Louise de Vaudémont.

Gridoux lacht höhnisch.
– Das wüßte man, wenn die gute Frau Königin von Frankreich gewesen wäre.
– Das weiß man.
– Das haben Sie wohl am Fernsehen gehört (Grimasse)? Glauben Sie vielleicht alles, was die erzählen?
– Davon abgesehen steht das auch in allen Büchern.
– Sogar im *Telephonbuch*?
Der Kerl wußte nicht, was er antworten sollte.
– Na sehen Sie, schloß Gridoux gutmütig.
Und er fügte diese geflügelten Worte hinzu:
– Glauben Sie mir, man darf die Leute nicht so schnell verurteilen. Gewiß, Gabriel tanzt in einer Hinterladerkneipe, als Sevillanerin verkleidet. Aber was beweist denn das, he? Was beweist das? Kommen Sie her, geben Sie mir Ihren Latschen, ich werde Ihnen einen Schnürsenkel reinmachen.
Der Kerl zog den Schuh aus, und während er auf den Abschluß der Operation des Auswechselns wartete, stand er auf einem Bein.
– Das beweist gar nichts, fuhr Gridoux fort, außer daß es die Schwulen amüsiert. Über einen Koloß, der als Torero verkleidet ist, lächelt man, aber ein Koloß, der als Sevillanerin verkleidet ist, darüber lachen die Leute. Übrigens ist das noch nicht alles, er tanzt auch den *Sterbenden Schwan*, wie in der Oper. Im Gazeröckchen. Da müßten Sie die Leute erst mal sehen, die platzen direkt vor Lachen. Sie werden mir jetzt was von der menschlichen Dummheit erzählen, einverstanden, aber genau besehn ists doch n Beruf wie jeder andere, oder stimmts etwa nicht?
– Was für ein Beruf, sagte der andere nur.
– Was für ein Beruf, was für ein Beruf, entgegnete Gridoux, während er sich an dem Schuh zu schaffen machte. Und Sie, sind Sie sehr stolz auf Ihren Beruf?
Der Kerl antwortete nicht.

(Doppeltes Schweigen).
– Da, fuhr Gridoux fort, das ist Ihr Schuh, mit einem neuen Schnürsenkel.
– Was bin ich Ihnen schuldig?
– Nichts, sagte Gridoux.
Und er fügte hinzu:
– Sehr gesprächig sind Sie ja nicht.
– Das ist ungerecht, was Sie da zu mir sagen, denn schließlich bin ich ja zu Ihnen gekommen.
– Gewiß, aber Sie antworten nicht auf die Fragen, die man Ihnen stellt.
– Welche zum Beispiel?
– Essen Sie gern Spinat?
– Mit gerösteten Semmelbrocken laß ich ihn mir noch gefallen, aber verrückt bin ich nicht danach.
Einen Augenblick lang verharrte Gridoux in Nachdenken, dann ließ er mit leiser Stimme eine ganze Reihe Verflucht-nochmals los.
– Fehlt Ihnen was? fragte ihn der Kerl.
– Ich würde viel drum geben, wenn ich wüßte, weshalb Sie heute nachmittag in diese Gegend gekommen sind.
– Ich kam her, um ein verlorenes Kind seinen Eltern zurückzubringen.
– Wenn Sie's noch oft sagen, glaub ich's schließlich.
– Und das hat mir allerhand Unannehmlichkeiten eingebracht.
– Oh, sagte Gridoux, aber keine großen.
– Ich spreche nicht von der Geschichte mit dem König der Seguedilla und der Prinzessin der blauen Dschins (Schweigen). Es gibt noch Schlimmeres.
Der Kerl hatte seinen Schuh wieder angezogen.
– Es gibt Schlimmeres, wiederholte er.
– Was denn? fragte Gridoux beeindruckt.
– Ich hab die Kleine zwar ihren Eltern zurückgebracht, aber ich habe mich dabei verloren.

– Oh, das ist nicht schlimm, sagte Gridoux wieder aufgeheitert. Nehmen Sie die Straße linkerhand, und Sie werden etwas weiter unten die Metro finden, das ist gar nicht schwer, Sie werden schon sehen.

– Darum handelt es sich nicht. Mich hab ich verloren, mich selbst.

– Versteh ich nicht, sagte Gridoux, von neuem ein wenig beunruhigt.

– Stellen Sie mir Fragen, stellen Sie mir nur Fragen, und Sie werden verstehen.

– Aber Sie antworten ja nicht auf meine Fragen.

– Welch eine Ungerechtigkeit! Als ob ich auf den Spinat nicht geantwortet hätte.

Gridoux kratzte sich am Schädel.

– Na ja, zum Beispiel ...

Aber er konnte nicht weitersprechen, er wußte nicht wie.

– Sagen Sie doch was, beharrte der Kerl, so sagen Sie doch was.

(Schweigen). Gridoux schlägt die Augen nieder.

Der Kerl kommt ihm zu Hilfe.

– Wollen Sie vielleicht meinen Namen wissen, zum Beispiel?

– Ja, sagte Gridoux, das ist es, Ihren Namen.

– Nun, ich weiß ihn nicht.

Gridoux hob die Augen.

– Das ist aber schlau, sagte er.

– Nein, wirklich, ich weiß ihn nicht.

– Wieso denn nicht?

– Wieso denn nicht? Nur so. Ich hab ihn nicht auswendig gelernt.

(Schweigen).

– Sie machen sich wohl über mich lustig, sagte Gridoux.

– Und warum?

– Muß man denn seinen Namen auswendig lernen?

– Sie, sagte der Kerl, wie heißen Sie denn?

– Gridoux, antwortete Gridoux ohne Mißtrauen.
– Sie sehen also, daß Sie ihn auswendig wissen, Ihren Namen Gridoux.
– Das stimmt tatsächlich, murmelte Gridoux.
– Das Tollste in meinem Falle ist aber, fuhr der Kerl fort, daß ich nicht mal weiß, ob ich vorher einen gehabt habe.
– Einen Namen?
– Einen Namen.
– Das ist doch nicht möglich, murmelte Gridoux ganz niedergeschlagen.
– Möglich, möglich, was soll denn das heißen, ›möglich‹, wenn es so ist?
– Dann haben Sie also niemals einen Namen gehabt?
– Es sieht so aus.
– Und das hat Ihnen niemals Unannehmlichkeiten bereitet?
– Nicht allzu sehr.
(Schweigen).
Der Kerl wiederholte:
– Nicht allzu sehr.
(Schweigen).
– Und Ihr Alter? fragte Gridoux plötzlich. Wissen Sie vielleicht auch Ihr Alter nicht mehr?
– Nein, antwortete der Kerl, selbstverständlich nicht.
Gridoux betrachtete aufmerksam den Kopf seines Gesprächspartners.
– Sie dürften so um die ...
Aber er unterbrach sich.
– Das ist schwer zu sagen, murmelte er.
– Nicht wahr? Sehen Sie, und wenn Sie mich vorhin nach meinem Beruf gefragt haben, so werden Sie jetzt verstehen, daß es kein schlechter Wille ist, wenn ich Ihnen nicht antworte.
– Selbstverständlich, gab Gridoux verängstigt und kleinlaut zu.
Das Geräusch eines verschlammten Motors ließ den Kerl

sich umdrehen. Ein Taxi fuhr vorbei, in dem Gabriel und Zazie saßen.
– Die fahren spazieren, sagte der Kerl.
Gridoux gibt keinen Kommentar. Es wäre ihm lieb, wenn der andere auch spazierenginge.
– Es bleibt mir also nichts mehr, als Ihnen zu danken, fuhr der Kerl fort.
– Bitte, sagte Gridoux.
– Und die Metro? Die werd ich also dort finden?
(Gebärde).
– Ganz richtig, dort.
– Das ist eine sehr nützliche Auskunft, sagte der Kerl. Vor allem, wenn die Metro streikt.
– Sie können sich auf jeden Fall mal den Plan ansehen, sagte Gridoux.
Er begann sehr heftig eine Schuhsohle zu beklopfen, und der Kerl geht weg.

8

– Ah, Paris! rief Gabriel mit der Begeisterung eines Feinschmeckers. Sieh mal, Zazie, fügte er plötzlich hinzu und zeigte auf etwas ganz in der Ferne Liegendes, sieh mal!! die Metro!!!

– Die Metro? machte sie.

Sie zog die Augenbrauen zusammen.

– Die Hochbahnmetro natürlich, sagte Gabriel scheinheilig.

Noch bevor Zazie Zeit gehabt hatte, loszufluchen, rief er von neuem aus:

– Und das! Dort!! Schau hin!!! Das Pantheon!!!!

– Das ist nicht das Pantheon, sagte Charles, das ist der Invalidendom.

– Ihr werdet doch nicht wieder anfangen, sagte Zazie.

– Ja was denn, schrie Gabriel, ist das vielleicht nicht das Pantheon?

– Nein, das ist der Invalidendom, antwortete Charles.

Gabriel wandte sich ihm zu und sah ihn aus den Augenwinkeln an.

– Bist du sicher? fragte er ihn, bist du so sicher?

Charles antwortete nicht.

– Gibt es überhaupt etwas, dessen du ganz sicher sein kannst? fragte Gabriel weiter.

– Ich habs gefunden, heult darauf Charles, dieses Ding da, das ist nicht der Invalidendom, das ist das Sacré-Cœur.

– Und du, sagt Gabriel jovial, bist du nicht zufällig ein Sacré-Köter?

– Kleine Schäker in eurem Alter, sagte Zazie, machen mich richtig krank.

Sie sahen sich schweigend das Panorama an, dann nahm Zazie das in Augenschein, was sich dreihundert Meter weiter unten, dem Senkblei folgend, abspielte.

– Das ist gar nicht so hoch, bemerkte Zazie.
– Immerhin, sagte Charles, man kann ja kaum die Leute erkennen.
– Ja, sagte Gabriel und schnüffelte, man sieht sie kaum, aber man riecht sie trotzdem.
– Weniger als in der Metro, sagte Charles.
– Du fährst ja nie damit, sagte Gabriel. Ich übrigens auch nicht.
In dem Wunsch, dieses penible Thema zu umgehen, sagte Zazie zu ihrem Onkel:
– Du guckst ja gar nicht runter. Neig dich doch ein bißchen vor, das ist sehr lustig.
Gabriel machte den Versuch, einen Blick in die Tiefe zu werfen.
– Scheiße, sagte er und schob sich zurück, da wird mir ja ganz schwindlig.
Er wischte sich die Stirn ab und verbreitete Wohlgeruch um sich.
– Ich, sagte er noch, werde wieder runtergehn. Wenn ihr noch nicht genug habt, erwarte ich euch im Erdgeschoß.
Er ist verschwunden, bevor Zazie und Charles ihn zurückhalten konnten.
– Das sind jetzt gut zwanzig Jahre her, daß ich nicht mehr hier raufgestiegen bin, sagte Charles. Obwohl ich oft Leute hierher gefahren hab.
Zazie ist das ganz wurscht.
– Sie lachen nicht oft, sagte sie zu ihm. Wie alt sind Sie?
– Wie alt schätzt du mich?
– Na ja, jung sind Sie nicht: dreißig Jahre.
– Und fünfzehn dazu.
– Dann sehen Sie gar nicht so alt aus. Und Onkel Gabriel?
– Zweiunddreißig.
– Er sieht aber älter aus.
– Aber sag ihm das bloß nicht, sonst fängt er an zu weinen.
– Warum denn? Weil er ein Hormosechsueller ist?

– Wo haste denn das aufgegabelt?
– Das hat der Kerl zu ihm gesagt, zu Onkel Gabriel, der Kerl, der mich zurückgebracht hat. Er hat so gesagt, der Kerl, und daß man dafür in den Kahn kommen könnte, wegen der Hormosechsualität. Was ist denn das?
– Das ist nicht wahr.
– Doch, es ist wahr, daß er das gesagt hat, entgegnete Zazie, erbost darüber, daß man auch nur ein einziges ihrer Worte anzweifeln konnte.
– Das mein ich ja gar nicht. Ich meine, daß das nicht wahr ist, was der Kerl von Gabriel gesagt hat.
– Daß er hormosechsuell ist? Ja was heißt denn das eigentlich? Daß er Parfüm an sich macht?
– Ganz richtig. Du hasts kapiert.
– Das ist doch nichts, um ins Gefängnis zu kommen.
– Natürlich nicht.
Einen Augenblick lang träumten sie schweigend vor sich hin und betrachteten das Sacré-Cœur.
– Und Sie? fragte Zazie. Sind Sie's, hormosechsuell?
– Seh ich vielleicht aus wie n Hinterlader?
– Nein, denn Sie sind ja Chauffeur.
– Na siehst du.
– Ich seh überhaupt nichts.
– Ich werd dir doch wohl keine Zeichnung zu machen brauchen.
– Können Sie gut zeichnen?
Charles drehte sich nach der andern Seite um und verlor sich in die Betrachtung der Turmspitzen von Sainte-Clotilde, ein Werk von Gau und Ballu, dann schlug er vor:
– Wie wärs, wenn wir wieder runtergingen?
– Sagen Sie mal, fragte Zazie ohne sich zu rühren, warum sind Sie denn nicht verheiratet?
– So ist nun mal das Leben.
– Warum haben Sie denn nicht geheiratet?
– Ich hab keine gefunden, die mir gefällt.

Zazie pfiff anerkennend.
– Sie sind ja wirklich n Snob, sagte sie.
– Das ist halt so. Aber sag mal, glaubst du, daß es so viele Männer geben wird, wenn du mal groß bist, die du heiraten möchtest?
– Moment, sagte Zazie, wovon reden wir denn? Von Männern oder von Frauen?
– Für mich handelts sich um Frauen und für dich um Männer.
– Das kann man doch nicht miteinander vergleichen, sagte Zazie.
– Da hast du nicht unrecht.
– Sie sind ja lustig, sagte Zazie. Sie wissen anscheinend nie so richtig, was Sie denken. Das ist doch bestimmt anstrengend. Machen Sie deshalb immer so n ernstes Gesicht?
Charles geruhte zu lächeln.
– Und ich, sagte Zazie, würde ich Ihnen gefallen?
– Du bist ja noch ein Kind.
– Es gibt Mädchen, die heiraten schon mit fünfzehn Jahren, mit vierzehn sogar. Es gibt Männer, die das gern haben.
– Und ich? Würde ich dir gefallen?
– Natürlich nicht, antwortete Zazie ganz schlicht.
Nachdem er diese derbe Wahrheit geschluckt hatte, fuhr Charles mit folgenden Worten in seiner Rede fort:
– Du hast recht seltsame Ideen für dein Alter, weißt du.
– Das stimmt tatsächlich, manchmal frag ich mich auch, wo ich das nur alles herhole.
– Ich kann es dir bestimmt nicht sagen.
– Warum sagt man eigentlich gerade das und nicht was anderes?
– Wenn man das nicht sagen würde, was man zu sagen hat, würde einen keiner verstehen.
– Und Sie, sagen Sie immer das, was Sie zu sagen haben, um verstanden zu werden?
– (Gebärde).

– Man ist schließlich nicht gezwungen, alles das zu sagen, was man sagt, man könnte auch was anderes sagen.
– (Gebärde).
– Aber so antworten Sie doch.
– Das sind doch keine Fragen, die du da stellst. Da wird ja der Hund in der Pfanne verrückt.
– Doch, das sind Fragen. Bloß sind es Fragen, auf die Sie nichts zu antworten wissen.
– Ich glaube, ich bin noch nicht reif zum Heiraten, sagte Charles nachdenklich.
– Oh, wissen Sie, sagte Zazie, nicht alle Frauen stellen solche Fragen wie ich.
– Alle Frauen, das ist es ja, alle Frauen. Aber du bist ja noch ne kleine Göre.
– Oh, Verzeihung, ich hab schon Formen.
– Es langt. Keine Unanständigkeiten.
– Da ist nichts Unanständiges dran. Das Leben ist halt so.
– Es ist sauber, das Leben.
Er zog sich am Schnurrbart und schielte mürrisch nach dem Sacré-Cœur hinüber.
– Das Leben, sagte Zazie, müssen Sie doch kennen. Es scheint, daß man in Ihrem Beruf allerhand Merkwürdiges zu sehen bekommt.
– Wo hast du denn das wieder her?
– Das hab ich im *Sanctimontron am Sonntag* gelesen, ne Provinzzeitung, die aber ziemlich auf Zack ist, mit wahren Liebesgeschichten und Astrologie und alles und da haben sie geschrieben, daß die Taxichauffeure die Sechsualität in allen Arten und unter allen Aspekten zu sehen bekommen. Angefangen bei den weiblichen Fahrgästen, die in Naturalien zahlen wollen. Ist Ihnen das schon oft passiert?
– Oh, jetzt langts aber.
– Das ist alles, was Sie wissen: Jetzt langts aber. Sie haben bestimmt nen Verdrängungskomplex.
– Kann die einem auf die Nerven gehen.

– Los, meckern Se nicht, erzählen Se ma lieber was von Ihren Komplexen.
– Was man doch nicht alles zu hören kriegt.
– Sie haben wohl Angst vor den Frauen, wie?
– Ich geh jetzt runter. Mir wird nämlich schwindlig. Nicht davor (Gebärde). Sondern vor ner Strunze wie du eine bist.
Er entfernt sich, und kurze Zeit später steht er wieder nur einige Meter über dem Meeresspiegel. Gabriel wartete mit trübem Auge, die Hände auf die breitgespreizten Knie gelegt. Als er Charles ohne seine Nichte erblickt, springt er auf, und seine Gesichtsfarbe wird ängstlich-grün.
– Nein, trotz allem, das wirst du doch wohl nicht getan haben, ruft er.
– Dann hättest du sie fallen hören, antwortet Charles, der sich erschöpft hinsetzt.
– Das wäre ja nicht so schlimm. Aber sie allein zu lassen.
– Du kannst sie am Ausgang in Empfang nehmen. Sie wird nicht davonfliegen.
– Ja, aber bis sie erst mal hier unten ist, kann sie mir noch allerhand einbrocken. (Seufzer). Wenn ich das gewußt hätte.
Charles reagiert nicht.
Gabriel betrachtet darauf lange und aufmerksam den Turm, dann kommentiert er:
– Ich frag mich nur, warum man Paris als Frau darstellt. Mit so einem Ding. Bevor das gebaut war, vielleicht. Aber jetzt. Das ist wie mit den Frauen, die Männer werden, weil sie soviel Sport treiben. Man kann das in den Zeitungen lesen.
– (Schweigen).
– Na, bist du stumm geworden? Was meinst du dazu?
Charles stößt ein schmerzliches Wiehern aus und nimmt wimmernd den Kopf in beide Hände:
– Auch er, sagt er wimmernd, auch er . . . immer das gleiche

... immer die Sechsualität ... immer ist nur davon die Rede ... immer ... die ganze Zeit ... Ekel ... Verfaulung ... Sie denken nur an das ...
Gabriel schlägt ihm wohlwollend auf die Schulter.
– Es sieht nicht aus, als gings dir gut, sagt er leichthin. Was ist denn passiert?
– Deine Nichte ... deine Hurennichte ...
– Oha, jetzt paß aber auf, ruft Gabriel und zieht seine Hand zurück, um sie zum Himmel zu heben, meine Nichte ist meine Nichte. Mäßige deine Rede oder du wirst mal gründlich was über deine Großmutter erfahren.
Charles macht eine Gebärde der Verzweiflung, dann steht er plötzlich auf.
– Mensch, sagt er, ich verzieh mich. Es ist mir lieber, wenn ich diesen Balg nicht mehr sehe. Adieu.
Und er schießt auf seine Kiste los.
Gabriel läuft hinter ihm her.
– Wie sollen wir denn nach Hause kommen?
– Du kannst ja die Metro nehmen.
– Der gibt gute Ratschläge, knurrte Gabriel und hielt in seiner Verfolgung inne.
Die Taxe entfernt sich.
Aufrecht stehend meditierte Gabriel vor sich hin, dann sprach er diese Worte:
– Das Sein oder das Nichts, das ist hier die Frage. Hinaufsteigen, hinabsteigen, gehen, kommen, soviel tut der Mensch, bis er schließlich verschwindet. Ein Taxi fährt ihn weg, eine Metro trägt ihn davon, der Turm achtets nicht noch das Pantheon. Paris ist nur eine Täuschung, Gabriel nur ein (charmanter) Traum, Zazie die Täuschung eines Traums (oder eines Alptraums) und diese ganze Geschichte die Täuschung einer Täuschung, der Traum eines Traums, kaum mehr als das in die Maschine getippte Delirium eines idiotischen Romanciers (oh! Verzeihung). Dort unten, weit hinten, etwas weiter noch als der Platz der Republik,

häufen sich die Gräber der Pariser, die gewesen sind, die Treppen hinauf- und hinabgestiegen sind, in den Straßen hin und her gegangen sind und die so lange gingen, bis sie schließlich verschwanden. Eine Geburtszange brachte sie, ein Leichenwagen fährt sie weg, und schneller noch, als sich die Knochen der nur allzu gegenwärtigen Toten in dem ganz von Sorgen und Kummer durchtränkten Humus der Stadt auflösen, wird das Pantheon rissig und rostet der Turm. Aber ich bin lebendig, und hier hört mein Wissen auf, denn von dem Taximanen der in seiner Mietsdroschke entflohen oder von meiner Nichte die dreihundert Meter hoch in der Atmosphäre hängt oder von meiner Gattin der im trauten Heim gebliebenen sanften Marceline weiß ich in diesem präzisen Augenblick und hier selbst nichts, ich weiß nur dies, alexandrinisch: Jetzt sind sie beinah tot, denn sie sind ja nicht da. Doch was seh ich denn da hoch über den behaarten Krautköpfen der guten Leute um mich rum?

Touristen hatten einen Kreis um ihn herum gebildet, da sie ihn für einen zusätzlichen Reiseführer hielten. Sie wandten den Kopf in Richtung seines Blickes.

– Und was sehen Sie? fragte einer von ihnen, der in der französischen Sprache besonders beschlagen war.

– Ja, pflichtete ein anderer bei, was gibts zu sehen?

– In der Tat, fügte ein dritter hinzu, was sollen wir sehen?

– Wasän? fragte ein vierter, wasän? wasän? wasän?

– Wasän? antwortete Gabriel, aber (große Gebärde), Zazie, Zazie meine Nichte, die gerade aus dem Pfeiler heraustritt und auf uns zukommt.

Die Kameras klicken, dann läßt man das Kind vorbei. Das höhnisch lacht.

– Na Onkel, blüht das Geschäft?

– Wie du siehst, antwortet Gabriel zufrieden.

Zazie zuckte die Achseln und sah sich das Publikum an. Sie sah Charles nicht darunter und wies darauf hin.

– Er hat sich dünnegemacht, sagte Gabriel.
– Warum?
– Wegen nichts.
– Wegen nichts, das ist doch keine Antwort.
– Doch, er ist einfach so weggegangen.
– Er hatte einen Grund.
– Ach, weißt du, Charles (Gebärde).
– Willst du mirs nicht sagen?
– Du weißt es genausogut wie ich.
Ein Tourist mischt sich ein.
– Male bonas horas collocamus si non dicis isti puellae the reason why this man Charles went away.
– Mein lieber kleiner Alter, antwortete ihm Gabriel, kümmere dich um deine Zwiebeln. She knows why she bothers me quite a lot.
– Oh! rief Zazie, jetzt kannst du ja auch noch fremde Sprachen sprechen.
– Ich habs nicht absichtlich getan, antwortete Gabriel und schlug bescheiden die Augen nieder.
– Most interesting, sagte einer der Touristen.
Zazie kam auf ihren Ausgangspunkt zurück.
– Aber ich weiß immer noch nicht, warum Charles Leine gezogen hat.
Gabriel verlor die Geduld.
– Weil du Dinge zu ihm gesagt hast, die er nicht verstanden hat. Dinge, für die er noch nicht alt genug ist.
– Und du, Onkel Gabriel, wenn ich zu dir Dinge sagte, die du nicht verstehst, Dinge, für die du noch nicht alt genug bist, was würdest du dann tun?
– Versuchs doch mal, sagte Gabriel recht kleinlaut.
– Zum Beispiel, fuhr Zazie mitleidlos fort, wenn ich dich fragen würde, biste n Hormosechsueller oder nicht? Würdest du das verstehn? Wärst du dafür alt genug?
– Most interesting, sagte ein Tourist (der gleiche wie vorhin).

– Armer Charles, seufzte Gabriel.
– Willst du jetzt antworten, ja oder Scheiße, schrie Zazie. Verstehst du dieses Wort: Hormosechsueller?
– Selbstverständlich, heulte Gabriel, soll ich dir vielleicht eine Zeichnung machen?
Die interessierte Menge pflichtete bei. Einige applaudierten.
– Dazu haste nicht genug Mumm, entgegnete Zazie.
In diesem Augenblick erschien Fedor Balanovitch.
– Los, sputen wir uns, fing er zu grölen an. Schnell! Schnell! Rin in den Bus, und zwar n bißchen dalli dalli!
– Where are we going now?
– Zur Sainte-Chapelle, antwortete Fedor Balanovitch. Eine Perle der gotischen Kunst. Los, sputet euch. Schnell, schnell!
Aber die Leute sputeten sich nicht, denn Gabriel und seine Nichte interessierten sie gewaltig.
– Da, sagte diese zu jenem, der nichts gezeichnet hatte, du siehst ja, daß de keine Traute hast.
– Kann die einem auf den Schlips fallen, sagte jener.
Fedor Balanovitch, der sich voller Vertrauen wieder ans Steuer gesetzt hatte, bemerkte, daß ihm nur drei oder vier Nullen gefolgt waren.
– Ja was denn, grölte er, gibts denn keine Disziplin mehr? Was zum Teufel treiben die denn?
Und er drückte einige Male kräftig auf die Hupe. Doch rührte sich deshalb keiner. Nur ein Bulle, den man an die lärmfreie Straße gestellt hatte, sah ihn mit zorndunklem Auge an. Da Fedor Balanovitch jedoch nicht in einen Verbalkonflikt mit einer Person dieser Sorte zu geraten wünschte, kam er wieder aus seinem Bremserhäuschen heraus und stiefelte auf die Gruppe der von ihm Verwalteten zu, um festzustellen, was sie zu dieser Unbotmäßigkeit veranlassen konnte.
– Aber das ist ja Gabriella, rief er. Was treibst du denn hier?

– Pst, pst, machte Gabriel, während der Kreis seiner Bewunderer sich bei dem Schauspiel dieser Begegnung naiv begeisterte.
– Nein, sowas, fuhr Fedor Balanovitch fort, du wirst ihnen doch wohl nicht den *Sterbenden Schwan* im Gazeröckchen vortanzen?
– Pst, pst, machte Gabriel, dem es die Sprache verschlagen hatte.
– Was istn das für ne Göre, die du da mit dir rumschleppst? Wo haste denn die aufgelesen?
– Das ist meine Nichte, und versuch mal, meine Familie zu respektieren, selbst die minderjährige.
– Und er, wer ist er, fragte Zazie.
– Ein Kumpan, sagte Gabriel. Fedor Balanovitch.
– Wie du siehst, sagte Fedor Balanovitch, spiel ich nicht mehr den Bei-Neid, ich bin in der gesellschaftlichen Hierarchie aufgestiegen und führe alle diese Arschlöcher zur Sainte-Chapelle.
– Du könntest uns vielleicht nach Hause fahren. Man kann ja einfach nicht mehr tun was man will mit diesem Streik der Transdinger in Kompadings. Kein einziges Taxi am Horizont.
– Wir werden doch nicht schon nach Hause fahren, sagte Zazie.
– Auf jeden Fall, sagte Fedor Balanovitch, muß ich zuerst an der Sainte-Chapelle vorbeifahren, bevor die zumachen. Dann, fügte er an Gabriels Adresse hinzu, ist es möglich, daß ich dich nach Hause bringe.
– Ist sie interessant, die Sainte-Chapelle? fragte Gabriel.
– Sainte-Chapelle, Sainte-Chapelle, war der Touristenschrei, und die ihn ausstießen, den Touristenschrei, zogen Gabriel in unwiderstehlichem Elan zum Bus mit.
– Er hat sie gehörig scharf gemacht, sagte Fedor Balanovitch zu Zazie, die mit ihm hinten geblieben war.
– Es wird sich doch niemand, sagte Zazie, einbilden, daß

ich mich mit all diesen Schafsköpfen zusammen rumschleppen lasse.
– Mir, sagte Fedor Balanovitch, ist das wurscht.
Und er setzte sich vor sein Steuer und sein Mikro, wobei er dieses letztere Instrument sofort benutzte.
– Los, sputen wir uns, lautsprecherte er jovial. Schnell, schnell!
Die Bewunderer Gabriels hatten ihn schon komfortabel untergebracht, und mit den entsprechenden Apparaten bewaffnet, maßen sie das Gewicht des Lichtes, um sein Porträt mit den Wirkungen des Gegenlichtes auf die Platte zu bekommen.
Obgleich diese Aufmerksamkeiten ihm sehr schmeichelten, erkundigte er sich doch nach dem Verbleib seiner Nichte. Nachdem er von Fedor Balanovitch erfahren hatte, daß die Besagte sich weigerte, der Bewegung zu folgen, reißt er sich aus dem Zauberkreis der Xenophonen los, steigt wieder aus, stürzt sich auf Zazie, die er am Arm packt und in den Bus zieht.
Die Kameras klicken.
– Du tust mir weh, krisch Zazie wahnsinnig vor Wut.
Aber auch sie wurde von dem Vehikel mit den schweren Reifen zur Sainte-Chapelle gebracht.

9

Reißt eure Glotzaugen weit auf, Ihr Einfaltspinsel, sagte Fedor Balanovitch. Zur Rechten werdet Ihr jetzt die Gare d'Orsay sehen. Gar nicht übel als Architektur, und das wird euch über die Sainte-Chapelle hinwegtrösten, wenn wir zu spät hinkommen, und darauf könnt ihr nen Besen fressen bei dem verfluchten Gedränge und den Verkehrsstockungen wegen diesem Hurenstreik.

In einem einmütigen und totalen Unverständnis miteinander verbrüdert, hielten die Touristen Maulaffen feil. Die Fanatischsten unter ihnen hatten übrigens gar nicht auf das Geknurre des Lautsprechers geachtet, und verkehrt auf ihren Sitzen hockend, betrachteten sie voller Ergriffenheit den Erzführer Gabriel. Er lächelte sie an. Und sie hofften.

– Sainte-Chapelle, versuchten sie zu sagen, Sainte-Chapelle . . .

– Ja, ja, sagte er liebenswürdig. Die Sainte-Chapelle (Schweigen) (Gebärde), eine Perle der gotischen Kunst (Gebärde) (Schweigen).

– Fang bloß nicht wieder an, den Blödel zu spielen, sagte Zazie sauer.

– Machen Sie weiter, machen Sie weiter, schrien die Touristen und übertönten die Stimme der Kleinen. Wir wollen hören, wir wollen hören, fügten sie mit großer, berlitzschulischer Anstrengung hinzu.

– Du wirst doch wohl nicht alles mit dir machen lassen, sagte Zazie.

Durch den Stoff der Hose hindurch nahm sie ihm ein Stück Fleisch zwischen die Fingernägel und kniff böse zu. Der Schmerz war so groß, daß dicke Tränen über Gabriels Wangen zu laufen begannen. Die Touristen, die trotz ihrer großen kosmopolitischen Erfahrung noch niemals einen

Fremdenführer hatten weinen sehen, wurden unruhig; nachdem sie dieses seltsame Verhalten analysiert hatten, die einen nach der deduktiven Methode, die andern nach der induktiven, schlossen sie auf die Notwendigkeit eines Trinkgeldes. Eine Kollekte wurde veranstaltet, man stellte sie auf die Knie des armen Mannes, auf dessen Gesicht sich wieder ein Lächeln abzeichnete, jedoch mehr, weil der Schmerz aufhörte, als aus Dankbarkeit, denn die Summe war nicht beachtlich.

– Das muß Sie alles recht sonderbar anmuten, sagte er schüchtern zu den Touristen.

Eine recht distinguierte Frankophonin brachte die allgemeine Meinung zum Ausdruck:

– Und die Sainte-Chapelle?

– Ah, ah, sagte Gabriel und machte eine große Gebärde.

– Er wird gleich sprechen, sagte die polyglotte Dame zu den Ihren in ihrer Heimatsprache.

Aufgemuntert stiegen einige auf die Polstersitze, um sich nichts von der Rede und der Mimik entgehen zu lassen. Gabriel räusperte sich, um sich Selbstvertrauen zu geben. Aber Zazie fing wieder an.

– Au, sagte Gabriel sehr deutlich.

– Der arme Mann, rief die Dame.

– Kleines Luder, murmelte Gabriel und rieb sich den Schenkel.

– Ich, hauchte ihm Zazie in die Ohrmuschel, ich verdrücke mich bei der nächsten Ampel, die auf Rot steht. Du siehst also, Onkel, was du zu tun hast.

– Aber wie sollen wir denn nach Hause kommen? sagte Gabriel stöhnend.

– Aber ich hab dir doch gesagt, daß ich noch keine Lust hab, nach Hause zu gehen.

– Sie werden uns folgen ...

– Wenn wir nicht aussteigen, sagte Zazie grausam, werde ich ihnen sagen, daß du ein Hormosechsueller bist.

– Erstens, sagte Gabriel friedlich, ist es nicht wahr, und zweitens werden sie dich nicht verstehen.
– Ja, wenns nicht wahr ist, warum hat dann der Sittenstrolch so zu dir gesagt?
– Moment mal (Gebärde). Es ist keineswegs erwiesen, daß das ein Sittenstrolch gewesen ist.
– Was für Beweise brauchst du denn?
– Was ich brauche? Tatsachen!
Und mit einem Ausdruck der Erleuchtung machte er von neuem eine große Gebärde, was einen starken Eindruck machte auf die Touristen, die fasziniert waren von dem Geheimnis dieser Unterhaltung, die der Schwierigkeit des Vokabulars so viele exotische Ideenassoziationen hinzufügte.
– Übrigens, sagte Gabriel, als du ihn hergebracht hast, hast du zu uns gesagt, er sei n Bulle.
– Ja, aber jetzt sag ich, daß es n Sittenstrolch war. Und außerdem kennst du dich da ja nicht aus.
– Oh, Verzeihung (Gebärde), ich weiß schon, was das ist.
– Du weißt, was das ist?
– Ganz richtig, entgegnete Gabriel verwirrt, ich hab schon oft genug den Belästigungen dieser Leute wehren müssen. Da staunst du!
Zazie lachte laut auf.
– Das wundert mich ganz und gar nicht, sagte die frankophone Dame, die vage begriff, daß man beim Kapitel der Komplexe angelangt war. Oh! Aber nein!! Ganz und gar nicht!!!
Und sie starrte den Koloß schmachtend an.
Gabriel wurde rot und zog den Knoten seiner Krawatte zurecht, nachdem er sich mit flinkem und diskretem Finger vergewissert hatte, daß sein Hosenlatz fest verschlossen war.
– Mensch, sagte Zazie, die genug hatte von dem Gaudi, du bistn richtiger Familienonkel. Na, verdrücken wir uns?

Und sie kniff ihn von neuem. Gabriel machte einen kleinen Satz und schrie auuu. Selbstverständlich hätte er der Göre eine schmieren können, daß ihr zwei oder drei Zähne rausgeflogen wären, aber was hätten dann seine Bewunderer gesagt? Lieber verschwand er aus ihrem Blickfeld, als ihnen das eitrige und abstoßende Bild eines Kinderschrecks zu hinterlassen. Da gerade eine handfeste Verkehrsstockung eingetreten war, stieg also Gabriel, von Zazie gefolgt, ruhig aus, wobei er den bestürzten Touristen verständnisvoll zuflinkerte, ein heuchlerisches Manöver in der Absicht, sie hinters Licht zu führen. Tatsächlich fuhren die besagten Touristen auch schon weiter, bevor sie noch die entsprechenden Maßnahmen hatten ergreifen können. Was den Fedor Balanovitch betraf, so ließ ihn das Kommen und Gehen Gabriels vollkommen gleichgültig, und er hatte nur die eine Sorge, seine Schäfchen noch vor dem Zeitpunkt, zu dem die Museumswächter einen trinken gehen, an den gewünschten Ort zu bringen, denn eine solche Pleite im Programm war nicht wiedergutzumachen, da die Touristen bereits am nächsten Tag nach Gibraltar zu den alten Festungswällen weiterfuhren. Das war ihre Reiseroute.

Nachdem sie ihnen nachgesehen hatten, wie sie sich entfernten, lachte Zazie kurz auf, nahm dann, da es ihr schon zur Gewohnheit geworden war, durch den Stoff der Hose hindurch ein Stück Fleisch vom Oberschenkel ihres Onkels zwischen die Fingernägel und drückte mit einer schraubenden Drehbewegung zu.

– Scheiße nochmal, brüllte Gabriel, das ist kein Spaß mehr, verflixte Scheiße, dieses kleine Spiel, hast du das immer noch nicht kapiert?

– Onkel Gabriel, sagte Zazie friedlich, du hast mir bis jetzt noch nicht erklärt, ob du ein Hormosechsueller bist oder nicht, erstens, und zweitens, wo du all die hübschen Dinge in der fremden Sprache aufgegabelt hast, die du vorhin von dir gabst? Antworte.

– Du bist recht hartnäckig für ne kleine Kröte, bemerkte Gabriel mit matter Stimme.
– Antworte schon, sagte sie und trat ihm mit dem Fuß kräftig gegen den Enkel.
Gabriel begann auf einem Bein herumzuhüpfen und machte dabei Hokuspokus.
– Auuu, sagte er, auua, au.
– Antworte, sagte Zazie.
Eine Bürgerin, die in der Nähe herummarodierte, näherte sich dem Kinde, um ihm diese Worte zu sagen:
– Aber sieh nur mal, mein kleiner Liebling, du tust ihm ja weh, diesem armen Herrn. Man darf die großen Leute nicht so mißhandeln.
– Die großen Leute können mich mal, entgegnete Zazie. Er will mir nicht auf meine Fragen antworten.
– Das ist kein triftiger Grund. Die Gewalt, mein kleiner Liebling, soll in den zwischenmenschlichen Beziehungen immer vermieden werden. Sie ist äußerst verdammenswürdig.
– Verdammenswürdig, man kann mich, entgegnete Zazie, ich hab Sie nicht gefragt, wie spät es ist.
– Sechzehn Uhr fünfzehn, sagte die Bürgerin.
– Wollen Sie die Kleine nicht endlich in Ruhe lassen, sagte Gabriel, der sich auf eine Bank gesetzt hatte.
– Sie scheinen mir ja auch ein komischer Erzieher zu sein, Sie, sagte die Dame.
Der Erzieher kann mich mal, war der Kommentar Zazies.
– Sie brauchen sie ja nur sprechen zu hören (Gebärde), da ist schon alles gesagt, so was Ungeschliffenes, sagte die Dame und bekundete durch ihr Mienenspiel aufs lebhafteste, wie sehr sie das anwiderte.
– Kümmern Sie sich um Ihre Hinterbacken, sagte Gabriel. Ich habe meine eigenen Ansichten über Kindererziehung.
– Welche denn? fragte die Dame und setzte sich neben Gabriel auf die Bank.

– Zuerst einmal, primo, das Verständnis.
Zazie setzte sich auf die andere Seite Gabriels und kniff ihn in den Schenkel, nur so n bißchen.
– Und meine Frage, erkundigte sie sich zärtlich. Antwortet man mir nicht mehr auf meine Fragen?
– Aber schließlich kann ich sie doch nicht in die Seine werfen, murmelte Gabriel und rieb sich den Schenkel.
– Haben Sie doch Verständnis, sagte die Bürgerin mit ihrem bezauberndsten Lächeln.
Zazie beugte sich vor, um zu ihr zu sagen:
– Werden Sie wohl bald aufhören, ihm die Speckschwarte zu streichen, meinem Onkel? Er ist nämlich verheiratet, müssen Sie wissen.
– Mademoiselle, Ihre Anspielungen sind nicht der Art, wie man sie einer Dame im Stande der Witwenschaft unterschiebt.
– Wenn ich nur verduften könnte, murmelte Gabriel.
– Aber zuerst mußt du antworten.
Gabriel betrachtete das Blau des Himmels und mimte vollkommenste Uninteressiertheit.
– Es sieht nicht so aus, als ob er das tun wolle, bemerkte die Witwendame objektiv.
– Er wird müssen.
Und Zazie tat, als wolle sie ihn wieder kneifen. Der Onkel sprang auf, noch bevor sie ihn angerührt hatte. Die beiden Personen des weiblichen Geschlechtes freuten sich riesig. Die älteste mäßigte die Stöße ihres Lachens, um folgende Frage zu formulieren:
– Was soll er dir eigentlich sagen?
– Ob er n Hormosechsueller ist oder nicht.
– Er? fragte die Dame (Pause). Kein Zweifel.
– Kein Zweifel: woran? fragte Gabriel in recht drohendem Ton.
– Daß Sie einer sind.
Sie fand das so komisch, daß sie gluckste.

– Jetzt hören Sie aber mal, sagte Gabriel und gab ihr einen kleinen Klaps auf den Rücken, daß ihr die Handtasche aus der Hand fiel.
– Man kann einfach nicht mit Ihnen plaudern, sagte die Witwe und raffte verschiedene, auf dem Asphalt verstreute Gegenstände zusammen.
– Du bist nicht nett zu der Dame, sagte Zazie.
– Und Kinder erzieht man nicht dadurch, daß man sich daran vorbeidrückt, auf ihre Fragen zu antworten, fügte die Witwe hinzu und setzte sich wieder neben ihn.
– Man muß mehr Verständnis haben, fügte Zazie heuchlerisch hinzu.
Gabriel knirschte mit den Zähnen.
– Los, dann sagen Sie schon, ob Sie einer sind oder nicht.
– Nein, nein und nochmals nein, antwortete Gabriel fest und entschlossen.
– Das sagen sie alle, bemerkte die Dame, die nicht im geringsten überzeugt war.
– Eigentlich, sagte Zazie, möchte ich ja gern mal wissen, was das überhaupt ist.
– Was denn?
– Was ein Hormosechsueller ist.
– Du weißt das also gar nicht?
– Ich kann mirs zwar schon denken, aber ich hätte gern, daß er mirs sagt.
– Was kannst du dir denken?
– Onkel, hol mal deine Rotzfahne n bißchen raus . . .
Gabriel gehorchte seufzend. Die ganze Straße war von Wohlgeruch erfüllt.
– Haben Sie kapiert? fragte Zazie schlau zur Witwe, die halblaut bemerkte:
– Bartuse von Fior.
– Ganz richtig, sagte Gabriel und steckte sein Taschentuch wieder in die Tasche. Ein Männerparfüm.
– Das stimmt, sagte die Witwe.

Und zu Zazie:
– Du kannst dir überhaupt nichts denken.
Zazie, furchtbar verärgert, wandte sich an Gabriel:
– Und warum hat dann der Kerl gesagt, du wärst einer?
– Was für ein Kerl? fragte die Dame.
– Er hats mit dir gehabt und dich beschuldigt, auf den Strich zu gehen, entgegnete Gabriel an Zazie gewandt.
– Was für n Strich? fragte die Dame.
– Auuu, schrie Gabriel.
– Übertreib nicht, meine Kleine, sagte die Dame mit erkünstelter Nachsicht.
– Brauch Ihre Ratschläge nicht.
Und Zazie kniff Gabriel von neuem.
– Wirklich bezaubernd, die Gören, murmelte Gabriel zerstreut und nahm sein Martyrium auf sich.
– Wenn Sie Kinder nicht mögen, sagte die Bürgerin, so darf man sich die Frage stellen, warum Sie sich dann mit ihrer Erziehung abgeben.
– Das, sagte Gabriel, ist eine ganz andere Geschichte.
– Dann erzähln Sie mal, sagte die Dame.
– Danke, sagte Zazie, ich kenne sie.
– Aber ich, sagte die Witwe, ich kenne sie nicht.
– Das ist uns doch schnuppe. Na, Onkel, was ist mit der Antwort?
– Aber ich hab dir doch gesagt, nein, nein, und nochmals nein.
– Sie ist verdammt hartnäckig, bemerkte die Dame, die das Urteil für originell hielt.
– Ein richtiges kleines Kamuffel, sagte Gabriel gerührt.
Die Dame machte darauf eine nicht minder gescheite Bemerkung wie die vorhergehende:
– Sie scheinen dieses Kind nicht sehr gut zu kennen. Fast könnte man meinen, daß Sie gerade erst seine verschiedenen Eigenschaften entdecken.
Sie rollte das Wort Eigenschaften in Anführungszeichen ein.

– Eigenschaften können mich, murrte Zazie.
– Sie sind ne schlaue Mücke, sagte Gabriel. Ich hab sie ja auch erst seit gestern aufm Hals.
– Ich verstehe.
– Was versteht sie? fragte Zazie sauer.
– Das weiß sie wohl selbst nicht, sagte Gabriel und zuckte die Achseln.
Die Witwe beachtete diese eher pejorative Parenthese nicht und fügte hinzu:
– Und sie ist Ihre Nichte?
– Ganz richtig.
– Und er ist meine Tante, fügte Zazie hinzu, die den Witz für ziemlich neu hielt, was man ihr in Anbetracht ihres Alters verzieh.
– Hello! riefen Leute, die aus einem Taxi stiegen.
Die Hartnäckigsten unter den Touristen, an ihrer Spitze die frankophone Dame, waren ihrem Erzführer, nachdem sie sich von ihrer Überraschung wieder erholt hatten, durch das lutetianische Labyrinth und das Magma der Verkehrsstockungen hindurch gefolgt und kamen mit einem Höllenpott, um ihn beim Wickel zu kriegen. Sie legten große Freude an den Tag, denn sie hegten so wenig Groll gegen ihn, daß sie nicht einmal annahmen, sie hätten Grund hierzu. Mit dem Schrei Montjoie Sainte-Chapelle griffen sie Gabriel, schleppten ihn zu ihrem Vehikel, setzten ihn nicht ohne Geschicklichkeit hinein und hingen sich in Klumpen darüber, damit er nicht davonfliege, bevor er ihnen nicht ihr Lieblingsmonument in allen seinen Details gezeigt habe. Sie machten sich nicht die Mühe, Zazie mitzunehmen. Die frankophone Dame winkte ihr kurz und freundlich mit der Hand und flinkerte ihr in ironischem Pseudoeinverständnis zu, während das Taxi anfuhr und die andere Dame, übrigens nicht weniger frankophon, aber Witwe, in kleinen Sätzen auf der Stelle hüpfte und Schreie ausstieß. Die Bürger und Bürgerinnen, die sich zu dieser Stunde in der

Gegend aufhielten, zogen sich in Stellungen zurück, die dem Ohrensausen weniger ausgesetzt waren.
– Wenn Sie noch lange so plärren murrte Zazie, kommt bestimmt bald n Bulle angeschlichen.
– Kleines, stupides Wesen, sagte die Witwe, deshalb schrei ich ja: Hilfe, Kittnepper, Kittnepper!
Endlich präsentiert sich ein Polyp, den das Geblöke der alten Schachtel munter gemacht hatte.
– Passiert was? fragt er.
– Ihnen hat keiner geläutet, sagte Zazie.
– Ihr macht immerhin nen ganz schönen Spektakel, sagte der Polyp.
– Da ist n Mann, der gerade entführt wurde, sagte die Dame keuchend. Ein schöner Mann sogar.
– Verflucht und zugenäht, murmelte der Polyp scharf geworden.
– 'S ist meine Tante, sagte Zazie.
– Und er? fragte der Polyp.
– Ich mein ihn doch mit meiner Tante, du Simpel.
– Ja und sie?
Er zeigte auf die Witwe.
– Sie? ist nichts
Der Blaue schwieg, um die Situation erst mal zu assimilieren. Die Dame, von dem zazischen Epitheton angeregt, entwarf auf der Stelle einen kühnen Plan.
– Wir laufen sofort hinter den Kittneppern her, sagte sie, und an der Sainte-Chapelle werden wir ihn befreien.
– Das ist noch n gutes Stück bis dorthin, bemerkte der Schutzmann bürgerlich. Ich bin kein Rekordläufer.
– Ja sollen wir vielleicht ein Taxi nehmen, das ich nachher bezahlen darf?
– Sie hat recht, sagte Zazie, die an ihrem Zaster klebte. Sie ist gar nicht so dumm, wie ich glaubte.
– Ich danke Ihnen, sagte die Dame entzückt.
– Bitte, bitte, erwiderte Zazie.

– Es ist wirklich sehr nett, beharrte die Dame.
– Schon gut, schon gut, sagte Zazie bescheiden.
– Hoffentlich seid ihr bald fertig mit eurem Salemaleikum, sagte der Polyp.
– Sie sind gar nicht gefragt, sagte die Dame.
– Die Weiber sind doch gelungen, sagte der Schutzmann. Ich bin also nicht mehr gefragt, wie? Und dabei verlangen Sie von mir, daß ich mir Seitenstiche hole. Wenn das nicht nichts ist, na, dann versteh ich überhaupt nichts mehr.
Mit wehem Ausdruck fügte er hinzu:
– Die Worte haben nicht mehr die gleiche Bedeutung wie früher.
Und seufzend blickte er auf die Spitzen seiner Kindersärge.
– Damit hab ich aber noch lange nicht meinen Onkel zurück, sagte Zazie. Am Ende wird man wieder sagen, ich hätte ausreißen wollen, und dabei ist es gar nicht wahr.
– Machen Sie sich keine Sorgen, mein Kind, sagte die Witwe. Ich werde dasein, um Zeugnis abzulegen über Ihren guten Willen und Ihre Unschuld.
– Wenn man wirklich unschuldig ist, sagte der Schutzmann, braucht man niemanden.
– Der Drecksack, sagte Zazie, ich seh ihn schon angeschlichen kommen mit seinen langen Galoschen. Von denen ist einer wie der andre.
– Haben Sie die schon so gut kennengelernt, Sie armes Kind?
– Reden wir lieber nicht davon, Sie arme Dame, antwortete Zazie geziert. Stellen Sie sich vor, Mama hat meinem Papa mit dem Hackbeil den Schädel gespalten. Daß ich da hinterher Bullen mehr als genug zu sehen bekam, können Sie sich wohl denken, meine Liebe.
– Na so was, sagte der Schutzmann.
– Die Bullen, das war noch gar nicht so schlimm, sagte Zazie. Aber die Richter erst. Also die ...
– Alles Nachtwächter, sagte der Schutzmann unparteiisch.

– Nun, sagte Zazie, mit den Bullen und den Richtern bin ich fertig geworden. So (Gebärde).
Die Witwe betrachtete sie entzückt.
– Und mit mir, sagte der Schutzmann, wie willst du das anstellen, um mit mir fertig zu werden?
Zazie betrachtete ihn.
– Sie, sagte sie, Ihren Kopf hab ich schon irgendwo gesehen.
– Das würde mich aber wundern, sagte der Polyp.
– Und warum? Warum soll ich Sie nicht schon irgendwo gesehen haben?
– In der Tat, sagte die Witwe. Sie hat recht, die Kleine.
– Ich danke Ihnen, Madame, sagte Zazie.
– Keine Ursache.
– Aber doch, aber doch.
– Die machen sich über mich lustig, murmelte der Schutzmann.
– Na, sagte die Witwe, ist das alles, was Sie tun können? Also los, rühren Sie sich schon ein wenig.
– Ich, sagte Zazie, ich bin sicher, daß ich ihn schon mal irgendwo gesehen hab.
Aber die Witwe hatte plötzlich ihre Bewunderung auf den Bullen übertragen.
– Zeigen Sie uns Ihre Talente, sagte sie zu ihm, und ihre Worte waren von einem aphrodisischen und vulkanisierenden Seitenblick begleitet. Ein so schöner Polizist wie Sie muß sich doch auf allerhand verstehen. In den Grenzen der Legalität selbstverständlich.
– Das ist ein Ochse, sagte Zazie.
– Aber nein, sagte die Dame. Man muß ihm Mut machen. Man muß Verständnis haben.
Und von neuem betrachtete sie ihn mit feuchtem und thermogenem Auge.
– Warten Sie nur, sagte der Polyp, der plötzlich munter geworden war, Sie werden gleich sehen, was Sie sehen

werden. Sie werden schon sehen, was Trouscaillon alles kann.

– Er heißt Trouscaillon, rief Zazie begeistert.

– Und ich, sagte die Witwe und errötete dabei ein wenig, ich heiße Madame Mouaque. Wie alle Welt, fügte sie hinzu.

10

Wegen des Streiks der Drahtseilbahnen und der Untergrundbusse fuhr auf den Straßen eine vermehrte Anzahl der verschiedensten Fahrzeuge, während längs der Bürgersteige müde oder ungeduldige Fußgänger und Fußgängerinnen Autostop machten, wobei sie das Prinzip ihres Erfolges auf die ungebräuchliche Solidarität gründeten, die die Schwierigkeit der Situation bei den Besitzenden hervorrufen sollte.

Auch Trouscaillon stellte sich am Rande des Fahrdamms auf, zog eine Trillerpfeife aus der Tasche und entlockte ihr einige herzzerreißende Töne.

Die Wagen, die vorbeifuhren, setzten ihren Weg fort. Radfahrer stießen fröhliche Schreie aus und fuhren unbekümmert weiter, ihrem Ziel entgegen. Die zweirädrig Motorisierten holten noch mehr Krach aus ihren Maschinen heraus und hielten nicht an. Übrigens waren sie es auch gar nicht, an die sich Trouscaillon wandte.

Es war still geworden. Eine radikale Stockung hatte wohl irgendwo den Verkehr einfrieren lassen. Dann erschien ein einzelner, aber sehr gewöhnlicher Personenkraftwagen. Trouscaillon girrte.

Dieses Mal bremste das Fahrzeug.

– Was gibst denn? sagte der Chauffeur in aggressivem Ton zu Trouscaillon, der herankam. Ich habe nichts Unerlaubtes getan. Ich kenne die Straßenverkehrsordnung. Ich tanze niemals aus der Reihe. Und ich hab meine Papiere bei mir. Also was noch? Sie würden besser daran tun, die Metro wieder in Betrieb zu setzen, als anständige Staatsbürger zu belästigen. Reicht Ihnen das nicht? Was brauchen Sie denn noch!

Er fährt weg.

– Bravo, Trouscaillon, schreit Zazie von weitem und macht ein ernstes Gesicht.

– Sie dürfen ihn nicht so demütigen, sagt die Witwe, das nimmt ihm sein Selbstvertrauen.

– Ich habs doch gleich erraten, daß er n Rindvieh ist.

– Finden Sie nicht, daß er ein hübscher Junge ist?

– Vorhin, sagte Zazie streng, war es mein Onkel, den Sie nach Ihrem Geschmack fanden. Haben Sie denn alle nötig?

Ein Triller heller Töne zog von neuem ihre Aufmerksamkeit auf die Heldentaten Trouscaillons. Sie waren nicht der Rede wert. Die Verkehrsstockung schien sich irgendwo gelöst zu haben, ein zähes Gerinnsel von Fahrzeugen floß langsam und träge an dem Bullen vorbei, aber seine kleine Trillerpfeife schien niemanden zu beeindrucken. Dann ließ der Strom wieder nach, am Ort X schien von neuem eine Erstarrung eingetreten zu sein.

Ein recht gewöhnlicher Personenkraftwagen tauchte auf. Trouscaillon girrte. Das Fahrzeug hielt an.

– Was gibts denn? sagte der Chauffeur in aggressivem Ton zu Trouscaillon, der herankam. Ich habe nichts Unerlaubtes getan. Ich habe meinen Führerschein, ich. Tanze niemals aus der Reihe. Und ich habe meine Papiere bei mir. Also was noch? Sie würden besser daran tun, die Metro wieder in Betrieb zu setzen, als anständige Staatsbürger zu belästigen. Reicht Ihnen das nicht? Dann lassen Sie sich mal bei den Marokkanern von hinten sehn.

– Oh, machte Trouscaillon schockiert.

Aber der Kerl ist schon weitergefahren.

– Bravo, Trouscaillon, schreit Zazie aufs höchste begeistert.

– Er gefällt mir immer besser, sagte die Witwe Mouaque mit halblauter Stimme.

– Sie ist vollkommen verknallt, sagte Zazie ebenso.

Trouscaillon begann an der Wirkung seiner Uniform und seiner Trillerpfeife zu zweifeln. Er war gerade dabei, den besagten Gegenstand kräftig zu schütteln, um den ganzen Speichel rauszubekommen, den er hatte reinfließen lassen, als ein ganz gewöhnlicher Personenkraftwagen von selbst vor ihm anhielt. Ein Kopf kam aus der Karosserie heraus und sprach die folgenden Hoffnungsworte aus:

– Verzeihung, Herr Wachtmeister, könnten Sie mir vielleicht den kürzesten Weg nach der Sainte-Chapelle zeigen, dieser Perle der gotischen Kunst?

– Nun, sagte Trouscaillon automatisch, passen Sie auf. Zuerst müssen Sie nach links einbiegen, dann nach rechts und dann, wenn Sie auf einem kleinen Platz angelangt sind, nehmen Sie die dritte Straße rechterhand, dann die zweite linkerhand, noch etwas geradeaus, dreimal nach links und dann fünfzig Meter geradeaus. Natürlich gibts da ne Menge Einbahnstraßen zu beachten, was die Sache nicht gerade vereinfachen wird.

– Da komm ich niemals hin, sagte der Fahrer. Und dabei bin ich etxra deshalb von Saint-Montron hergekommen.

– Nur den Mut nicht verlieren, sagte Trouscaillon. Wenn ich Ihnen vorschlagen darf, Sie hinzubringen?

– Sie werden wohl anderes zu tun haben?

– Glauben Sie nicht dran. Ich bin frei wie die Luft. Bloß, wenn Sie die Güte haben wollten, auch noch diese beiden Personen mitzunehmen (Gebärde).

– Mir ist das schnuppe. Wenn ich nur noch ankomme, bevor die zumachen.

– Verflixt, sagte die Witwe von ferne, man könnte meinen, daß er endlich einen Wagen beschlagnahmt hat.

– Da bleibt mir doch glatt die Spucke weg, sagte Zazie objektiv.

Trouscaillon setzte zu einem kleinen Galopp in ihre Richtung an und sagte dann ohne jegliche Eleganz zu ihnen:

– Auf, macht euch bei. Der Kerl nimmt uns an Bord.

– Los, sagte die Witwe Monaque, denn man hinter den Kittneppern her.

– Mensch, sagte Trouscaillon, die hatte ich ganz vergessen.
– Es ist vielleicht besser, wenn wir Ihrem Männeken nichts davon sagen, meinte die Witwe diplomatisch.
– Dann, fragte Zazie, wird er uns also zu der betreffenden Kapelle hinbringen?
– Ja los, sputet euch schon!
Trouscaillon und die Witwe Mouaque hatten Zazie je unter einem Arm gepackt, dann liefen sie auf den ganz gewöhnlichen Personenkraftwagen zu und warfen sie hinein.
– Ich mag nicht, daß man mich so behandelt, heulte Zazie wahnsinnig vor Wut.
– Ihr seht mir ganz nach Kittneppern aus, sagte der Sanctimontroneser scherzhaft.
– Es hat nur so den Anschein, sagte Trouscaillon und setzte sich neben ihn. Sie können jetzt losfahren, wenn Sie noch ankommen wollen, bevor die zumachen.
Man fährt an. Um beim Anfahren behilflich zu sein, beugte sich Trouscaillon hinaus und pfiff frenetisch. Das zeitigte immerhin eine gewisse Wirkung. Der Provinzler war entzückt.
– Jetzt müssen Sie links einbiegen, befahl Trouscaillon.
Zazie schmollte.
– Na, sagte die Witwe Mouaque heuchlerisch zu ihr, bist du nicht froh, deinen Onkel wiederzusehen?
– Der Onkel kann mich mal, sagte Zazie.
– Sieh mal da, sagte der Fahrer, das ist ja die Tochter von Jeanne Lalochère. So als Knaben verkleidet hab ich sie gar nicht wiedererkannt.
– Kennen Sie sie? fragte die Witwe Mouaque gleichgültig.
– Und ob ich sie kenne, sagte der Kerl.
Um die Identifizierung zu vervollständigen, drehte er sich um und fuhr dabei auf den Wagen auf, der vor ihm fuhr.
– Scheiße, sagte Trouscaillon.
– Sie ists, sagte der Sanctimontroneser.
– Ich kenne Sie nicht, sagte Zazie.

– Ja, wie denn, können Se nicht mehr fahren, sagte der Angeboxte, der hinter seinem Steuer hervorgekrochen kam, um einige summende Beleidigungen mit seinem Anboxer auszutauschen. Na ja, ist ja auch nicht verwunderlich . . . ein Provinzler . . . Sie würden besser irekühundireschtire hüten, anstatt die Straßen hier in Paris unsicher zu machen.
– Aber mein Herr, sagte die Witwe Mouaque, so halten Sie uns doch nicht mit Ihrem schulmeisterlichen Geschwätz auf! Wir haben eine Mission zu erfüllen! Wir wollen einen Gekittneppten befreien.
– Wie? Was? sagte der Sanctimontroneser, da mach ich aber nicht mehr mit. Ich bin doch nicht nach Paris gekommen, um den Kaubeu zu spielen.
– Und Sie? sagte der andere Fahrer und wandte sich an Trouscaillon, worauf warten Sie denn noch, um ein Protokoll aufzunehmen?
– Seien Sie unbesorgt, antwortete ihm Trouscaillon, das ist schon aufgenommen. Können mir vertrauen. Und er spielte den Bullen, der irgend son Zeug in einen alten, abgegriffenen Block kritzelt.
– Haben Sie Ihre Zulassungskarte?
Und er tat, als sehe er sie sich genau an.
– Keinen Diplomatenpaß?
– (Aufgebrachte Verneinung).
– Es wird auch so gehen, sagte Trouscaillon. Sie können sich verziehen.
Nachdenklich stieg der Angeboxte wieder in seinen Wagen und setzte seine Fahrt fort. Der Sanctimontroneser dagegen rührte sich nicht.
– Na, sagte die Witwe Mouaque, worauf warten Sie denn noch?
– Ich habe Ihnen doch gesagt, daß ich nicht den Kaubeu spielen will. Ne unglückliche Kugel hat man sich schnell geholt.

– In meinem Kaff, sagte Zazie, hat man weniger Schiß.
– Oh, dich, sagte der Kerl, dich kenn ich. Du bist doch mit allen Hunden gehetzt, du stiftest doch überall Unheil an.
– Das ist gemein, sagte Zazie. Warum versuchen Sie, mir so nen schändlichen Ruf anzuhängen.
Die Autohupen heulten immer lauter, ein richtiger Orkan.
– Ja so fahren Sie doch schon los, schrie Trouscaillon.
– Ich hänge am Leben, sagte der Sanctimontroneser läppisch.
– Machen Sie sich bloß nicht ins Hemd, sagte die Witwe Mouaque diplomatisch, es besteht ja gar keine Gefahr. Nur n Scherz.
Der Kerl drehte sich um und sah sich die alte Schachtel mal n bißchen näher an. Diese Prüfung gab ihm Vertrauen.
– Versprechen Sie mir das? fragte er.
– Wenn ich Ihnen doch sage.
– Ist es auch keine politische Geschichte mit allen möglichen beschissenen Folgen?
– Aber nein, ich versichere Ihnen, es ist nur ein Scherz.
– Na, denn mal los, sagte der Kerl, der der Sache allerdings immer noch nicht ganz traute.
– Sie behaupten doch, daß Sie mich kennen, sagte Zazie, haben Sie da nicht per Zufall meine Mamme gesehen? Sie ist nämlich auch in Paris.
Sie hatten gerade erst eine Strecke von einigen Klaftern zurückgelegt, als es vom Glockenturm einer benachbarten Kirche, übrigens einer Kirche im neo-klassischen Stil, vier Uhr schlug.
– Das ist verpaßt, sagte der Sanctimontroneser.
Er bremste wieder und rief damit hinter sich einen neuen Ausbruch sonorer Warngeräusche hervor.
– Lohnt sich nicht mehr, fügte er hinzu. Das ist jetzt bestimmt geschlossen.
– Ein Grund mehr zur Eile, sagte die Witwe Mouaque ver-

nünftig und strategisch. Wir werden sonst unseren Gekittneppten nicht mehr finden.

– Das ist mir schnuppe, sagte der Kerl.

Aber hinter ihm hupte es so gewaltig, daß er gar nicht umhinkam, sich wieder in Fahrt zu setzen, gewissermaßen durch die Vibrationen der vom einmütigen Zorn der Gestoppten heftig bewegten Luft vorwärtsgetrieben.

– Los, sagte Trouscaillon, drücken Sie keinen Kopf. Wir sind jetzt bald angelangt. Mit diesem Spaß können Sie zu Hause auch erzählen, daß Sie immerhin nicht weit von der Sainte-Chapelle weggewesen sind, wenn Sie sie auch nicht gesehen haben. Wenn Sie dagegen hier stehenbleiben ...

– Er spricht gar nicht so übel, wenn er will, bemerkte Zazie unparteiisch über die Rede des Polypen.

– Er gefällt mir immer besser, murmelte die Witwe Mouaque mit so leiser Stimme, daß niemand sie hörte.

– Und meine Mamme? fragte Zazie den Kerl wieder, Sie behaupten doch, daß Sie sie kennen, haben Sie sie da nicht per Zufall gesehen?

– Menschenskinder, sagte der Sanctimontroneser, ich hab doch wirklich kein Schwein. Jetzt fahren so viele Schlitten rum, und da haben Sie ausgerechnet meinen aussuchen müssen.

– Das ist nicht mit Absicht geschehen, sagte Trouscaillon. Wenn ich zum Beispiel in einer Stadt bin, die ich nicht kenne, kanns mir auch mal passieren, daß ich nach dem Weg fragen muß.

– Ja, und die Sainte-Chapelle? sagte der Sanctimontroneser.

– Das muß man zugeben, sagte Trouscaillon, der in dieser simplen Ellipse hyperbolisch den circulus vitiosus der Parabel gebrauchte.

– Gut, sagte der Sanctimontroneser, ich fahre hin.

– Hinter den Kittneppern her, schrie die Witwe Mouaque.

Und Trouscaillon streckte den Kopf aus der Karosserie und

pfiff, um die Zudringlichen zu verscheuchen. Man bewegte sich mittelmäßig schnell fort.

– Das ist alles höchst miserabel, sagte Zazie. Ich mag nur die Metro.

– Ich habe nie einen Fuß hineingesetzt, sagte die Witwe.

– Sind Sie aber n Snob, sagte Zazie.

– Wenn ich die Mittel dazu habe ...

– Aber vorhin waren Sie nicht bereit, mal n Kullerchen rauszurücken für n Taxi.

– Weil es unnötig war. Du siehst ja jetzt selbst.

– Das rauscht, sagte Trouscaillon und wandte sich Zustimmung heischend nach den Fahrgästen um.

– Jaaa, sagte die Witwe Mouaque verzückt.

– Wenn wir nur nicht vom Weg abkommen, sagte Zazie. Der Onkel wird wohl schon lange verduftet sein, wenn wir ankommen.

– Ich werde mein möglichstes tun, sagte der Sanctimontroneser und, ein anderes Thema anschneidend, rief er aus: ach, wenn wir in Saint-Montron ne Metro hätten, das wär ne Sache, meinste nicht auch, Kleine?

– Quatsch, sagte Zazie, wenn ich so n Blödsinn höre, wird mir ganz übel. Als wenns in unserem Kaff ne Metro geben könnte.

– Das wird eines Tages noch kommen, sagte der Kerl. Mit dem Fortschritt. Es wird überall Untergrundbahnen geben. Das wird sogar mal ultra-toll sein. Untergrundbahn und Hubschrauber, das ist die Zukunft für den Verkehr zwischen den Städten. Man nimmt die Metro, um nach Marseille zu fahren, und kommt mit dem Hubschrauber wieder zurück.

– Warum nicht umgekehrt? fragte die Witwe Mouaque, deren beginnende Leidenschaft ihren angeborenen Cartesianismus noch nicht vollständig umnebelt hatte.

– Warum nicht umgekehrt? sagte der Kerl anaphorisch. Wegen der Windgeschwindigkeit.

Er dreht sich ein wenig um, nach hinten, um sich an der Wirkung dieses Meisterwitzes zu ergötzen, und fährt dabei von vorn auf einen Bus auf, der neben der Reihe geparkt hat. Man war angekommen. In der Tat erschien Fedor Balanovitch auf dem Plan und begann die Standardrede herunterzuhaspeln.

– Ja wie denn? Können Se nicht mehr fahren? Na ja, ist ja auch nicht verwunderlich ... ein Provinzler ... Sie würden besser irekühundireschtire hüten, anstatt die Straßen hier in Paris unsicher zu machen.

– Sieh mal an, rief Zazie, da ist ja Fedor Balanovitch. Haben Sie nicht meinen Onkel gesehen?

– Los, hinterm Onkel her, sagte die Witwe Mouaque und schälte sich aus der Gurke heraus.

– Ja nein, so geht das ja nun doch nicht, sagte Fedor Balanovitch. Das muß man sich mal ansehen, schaut mal her, Ihr habt mir mein Arbeitsinstrument zugrunde gerichtet.

– Sie haben neben der Reihe geparkt, sagte der Sanctimontroneser, das tut man nicht.

– Fangen Sie nicht zu streiten an, sagte Trouscaillon, der nun ebenfalls ausstieg. Ich werde das schon in Ordnung bringen.

– Da spiel ich nicht mit, sagte Fedor Balanovitch, Sie waren mit im Wagen drin. Sie werden parteiisch sein.

– Na schön, sagte Trouscaillon, dann seht doch zu, wie ihr klarkommt, und er machte sich davon, um die Witwe Mouaque wiederzufinden, die im Kielwasser des Görs verschwunden war.

11

Auf der Terrasse des Cafés *des Deux Palais* redete Gabriel, der gerade seine fünfte Grenadine leerte, in hochtrabenden Redensarten vor einer Gesellschaft, deren Aufmerksamkeit um so größer zu sein schien, als ihre Frankophonie gewaltige Lücken aufwies.

– Warum, sagte er, warum sollte man das Leben nicht ertragen, da doch ein Nichts schon genügt, es einem wieder zu nehmen? Ein Nichts bringt es, ein Nichts belebt es, ein Nichts unterhöhlt es, ein Nichts fegt es hinweg. Wenn das nicht wäre, wer könnte da wohl die Schicksalsschläge ertragen und die Demütigungen einer glanzvollen Karriere, die Betrügereien der Lebensmittelhändler, die Tarife der Fleischer, das Wasser der Milchhändler, die Nervosität der Eltern, die Wut der Lehrer, die Anschnauzereien der Feldwebel, die Schändlichkeiten der Besitzenden, das Seufzen und Wehklagen der Vernichteten, das Schweigen der unendlichen Räume, den Geruch des Blumenkohls oder die Passivität der Holzpferdchen, wenn man eben nicht wüßte, daß der schlechte und furchtbare Lebenswandel einiger winziger Zellen (Gebärde) oder die Bahn einer Kugel, die ihr vorgeschrieben wird von einem anonymen Unfreiwilligen, den man nicht verantwortlich machen kann, alle diese Sorgen unversehens im Blau des Himmels verdampfen läßt. Ich, der ich hier zu euch spreche, habe oft über diesen Problemen gebrütet, während ich, mit einem Gazeröckchen bekleidet, albernen Deppen von eurer Sorte meine natürlich ziemlich behaarten Schenkel zeige, die aber, und das muß gesagt werden, von Berufs wegen enthaart sind. Ich möchte noch hinzufügen, daß ihr diesem Schauspiel, falls ihr den Wunsch dazu habt, schon heute abend beiwohnen könnt.

– Hurra, riefen die vertrauenden Touristen.
– Aber sag mal, Onkel, dein Geschäft blüht ja immer besser.
– Ach, da bist du ja auch, sagte Gabriel ruhig. Nun, wie du siehst, bin ich immer noch am Leben und habe sogar glänzende Erfolge.
– Hast du ihnen die Sainte-Chapelle gezeigt?
– Sie haben Schwein gehabt. Die waren schon am Zumachen, wir hatten gerade noch Zeit, schnell hundert Meter von den Kirchenfenstern abzukloppen. Übrigens so (Gebärde), die Kirchenfenster. Sie sind ganz begeistert (Gebärde), die da. Stimmts nicht, my Gretchen Lady?
Die auserwählte Touristin pflichtete begeistert bei.
– Hurraaa, schrien die andern.
– Los, hinter den Kittneppern her, fügte die Witwe Mouaque hinzu, der Trouscaillon auf den Fersen folgte.
Der Polyp kam auf Gabriel zu, und während er sich respektvoll vor ihm verbeugte, informierte er sich nach dem Stand seiner Gesundheit. Gabriel antwortete kurz und bündig, sie sei gut. Der andere setzte sein Verhör fort, indem er das Problem der Freiheit anschnitt. Gabriel klärte seinen Gesprächspartner über den Umfang seiner eigenen Freiheit auf, über die er darüber hinaus ganz nach Belieben verfügen könne. Gewiß, er leugnete nicht, daß diesbezüglich zuerst ein nicht zu bestreitender Eingriff in seine unveräußerlichen Rechte bestanden habe, daß er aber schließlich die Situation, nachdem er sich ihr angepaßt, derart umgeformt habe, daß seine Entführer seine Sklaven geworden seien und er bald ganz nach Wunsch über ihre Willensfreiheit verfügen könne. Abschließend fügte er noch hinzu, daß er es hasse, wenn die Polizei ihre Nase in seine Angelegenheiten stecke, und da der Abscheu, den solche Machenschaften ihm einflößten, ihm beinahe Übelkeit verursachte, zog er aus seiner Tasche ein fliederfarbenes (gemeint ist nicht der weiße Flieder) Seidenviereck, das mit Bartuse, dem

Parfüm von Fior, getränkt war, und verstopfte sich damit den Zinken.
Trouscaillon, eingenebelt von Gestank, entschuldigte sich, grüßte Gabriel, wobei der die Hacken zusammenschlug, führte die vorschriftsmäßige Kehrtwendung aus, entfernte sich und verschwand in der Menge, gefolgt von der Witwe Mouaque, die hitzig hinter ihm hertrippelte.
– Dem haste ganz schön den Rotz aus der Nase geholt, sagte Zazie zu Gabriel und machte sich Platz neben ihm. Für mich, ein Erdbeer-Schokolade-Eis.
– Es scheint mir, als hätt ich seine Visage schon mal irgendwo gesehen, sagte Gabriel.
– Jetzt, wo die Polente rausgeflogen ist, sagte Zazie, wirst du mir vielleicht endlich mal antworten. Bist du ein Hormosechsueller oder nicht?
– Ich schwöre dir, daß ich keiner bin.
Und Gabriel streckte den Arm aus und spuckte dabei auf den Boden, worüber die Touristen etwas schockiert waren. Er schickte sich an, ihnen diesen Zug gallischer Folklore zu erklären, als Zazie, seinen didaktischen Absichten zuvorkommend, die Frage stellte, warum dann in diesem Falle der Kerl ihn beschuldigt habe, einer zu sein.
– Es geht wieder los, seufzte Gabriel.
Die Touristen, die vage begriffen, worum es ging, fanden es allmählich gar nicht mehr lustig und berieten sich leise in ihren Heimatsprachen. Die einen waren der Meinung, man solle das Mädchen in die Seine werfen, die andern waren eher dafür, es in ein Pläd einzuwickeln und dann irgendwo auf einem Bahnhof bei der Gepäckaufbewahrung abzugeben, nachdem man es zuvor mit Watte ausgestopft hätte, um es tonlos zu machen. Wenn niemand eine Decke opfern wolle, würde es im Notfall auch ein Koffer tun, man müsse eben nur gehörig zusammenpressen.
Gabriel ist über diese Winkelkonzile beunruhigt und beschließt, einige Zugeständnisse zu machen.

– Na schön, sagte er, ich werde dir heute abend alles erklären. Oder besser noch, du wirst es mit eigenen Augen sehen können.
– Was werd ich sehen können?
– Das wirst du schon sehen. Ich versprech es dir.
Zazie zuckte die Achseln.
– Deine Versprechungen . . .
– Soll ich nochmal auf den Boden spucken?
– Es reicht. Du wirst mir noch ins Eis rotzen.
– Dann laß mich jetzt in Ruhe. Du wirst schon sehen. Ich versprech es dir.
– Was wird sie sehen, die Kleine? fragte Fedor Balanovitch, der endlich den Zusammenstoß mit dem Sanctimontroneser geregelt hatte, welcher übrigens ein heftiges Verlangen an den Tag gelegt hatte, so schnell wie möglich aus der Gegend zu verschwinden.
Er setzte sich nun ebenfalls neben Gabriel, und die Touristen machten ihm respektvoll Platz.
– Ich hol sie heut abend ins Pfandhaus mit, antwortete Gabriel (Gebärde), und die andern auch.
– Moment mal, sagte Fedor Balanovitch, das gehört nicht ins Programm. Ich muß sie frühzeitig zu Bett bringen, denn sie sollen morgen früh nach Gibraltar weiterreisen, zu den alten Festungswällen. Das ist ihre Reiseroute.
– Auf jeden Fall, sagte Gabriel, gefällt ihnen das.
– Die wissen ja gar nicht, was sie da erwartet, sagte Fedor Balanovitch.
– Es wird eine Erinnerung für sie werden, sagte Gabriel.
– Für mich auch, sagte Zazie, die methodisch Versuche anstellte über die verglichenen Geschmäcker der Erdbeere und der Schokolade.
– Ja, sagte Fedor Balanovitch, aber wer wird im Pfandhaus bezahlen? Sie werden sich mit einem Aufschlag nicht einverstanden erklären.
– Ich hab sie fest in der Hand, sagte Gabriel.

– Apropos, sagte Zazie zu ihm, ich glaube, da kommt mir doch gerade die Frage wieder, die ich dir vorhin stellen wollte.
– Du kommst nachher wieder dran, sagte Fedor Balanovitch. Laß jetzt die Männer reden.
Beeindruckt hielt Zazie den Mund.
Da zufällig ein Serviettenschwenker vorbeikam, sagte Fedor Balanovitch zu ihm:
– Für mich nen Gerstensaft.
– In einer Tasse oder in der Dose? fragte der Kellner.
– In einem Sarg, antwortete Fedor Balanovitch und machte dem Serviettenschwenker ein Zeichen, daß er disponieren könne.
– Der da ist ja wirklich prima, wagte sich Zazie zu sagen. Das hätte sogar der General Vermot nicht allein gefunden.
Fedor Balanovitch beachtet die Worte der Göre nicht.
– Du glaubst also, fragt er Gabriel, daß wir ihnen einen Aufschlag aufbrummen könnten?
– Aber ich sag dir doch, daß ich sie in der Hand hab. Das müssen wir ausnützen. Paß mal auf, wo bringst du sie denn zum Essen hin?
– Oh, die werden verhätschelt. Die haben ein Anrecht auf den Buisson d'Argent. Aber das wird direkt von der Agentur bezahlt.
– Dann hör mal gut zu. Ich kenn da n Restaurant am Boulevard Turbigo, wo das viel viel weniger kosten wird. Du gehst jetzt zu dem Wirt von deiner Luxuskneipe und läßt dir n Teil von dem Geld, das er von der Agentur bekommt, rausbezahlen, das ist n Profit für uns alle, und außerdem werden sie sich dort, wo ich sie hinführen werde, ganz schön latzen. Natürlich werden wir das mit dem Aufschlag bezahlen, den wir ihnen fürs Pfandhaus abknöpfen. Und das Ristorno des andern Restaurants werden wir uns dann beide teilen.
– Ihr seid doch richtige kleine Gauner, sagte Zazie.

– Na sowas, sagte Gabriel, das ist doch die reine Bosheit. Ich tue doch alles nur für ihr (Gebärde) Pläsier.
– An was anderes denken wir gar nicht, sagte Fedor Balanovitch. Nur daran, daß sie eine unvergeßliche Erinnerung an diese Stadt zurückbehalten, so man Lutetia nominiert. Und daß sie wieder herkommen.
– Dann steht ja alles zum besten, sagte Gabriel. Bis zum Abendessen können sie sich im Untergeschoß der Wirtschaft austoben: fünfzehn Billards, zwanzig Pingpongs. Einzig in Paris.
– Das wird ein Erlebnis für sie werden, sagte Fedor Balanovitch.
– Für mich auch, sagte Zazie, denn ich werde währenddessen spazierengehen.
– Aber nur nicht auf dem Sebastopol, sagte Gabriel aufgescheucht.
– Mach dir nicht ins Hemd, sagte Fedor Balanovitch, die weiß sich schon zu wehren.
– Sicher, aber dafür hat sie mir ihre Mutter nicht anvertraut, daß sie nun zwischen den Hallen und dem Château d'Eau rumstreicht.
– Ich geh nur hundert Schritte vor der Kneipe auf und ab, sagte Zazie konziliant.
– Ja, das sieht doch erst recht so aus, als gingst du auf den Strich, rief Gabriel entsetzt. Vor allem mit deinen Bludschins. Da gibts Liebhaber von.
– Es gibt von allem Liebhaber, sagte Fedor Balanovitch als Mann, der das Leben kennt.
– Das ist aber kein Kompliment für mich, sagte Zazie und wiegte sich kokett in den Hüften.
– Jetzt fehlt nur noch, daß sie dir schöne Augen macht, sagte Gabriel, dann hätten wir alles beisammen.
– Warum? fragte Zazie. Ist er ein Hormo?
– Ein Normaler willst du sagen, berichtigte Fedor Balanovitch. Der ist gut, was, Onkelchen.

Und er schlug Gabriel auf den Schenkel, daß er zusammenzuckte. Die Touristen sahen sie neugierig an.

– Sie fangen bestimmt an, sich zu langweilen, sagte Fedor Balanovitch. Ich glaube, es ist an der Zeit, daß du sie zu deinen Billards führst, um sie n bißchen abzulenken. Arme Unschuldsengel, die glauben, das wär Paris.

– Du vergißt, daß ich ihnen die Sainte-Chapelle gezeigt habe, sagte Gabriel stolz.

– Nulpe, sagte Fedor Balanovitch, der die französische Sprache gründlich beherrschte, da er aus Bois-Colombes stammte. Du hast ihnen das Handelsgericht gezeigt.

– Du willst mich wohl auf den Arm nehmen, sagte Gabriel ungläubig. Bist du sicher?

– Gott sei Dank, daß Charles nicht da ist, sagte Zazie. Das würde die Sache nur komplizieren.

– Wenns auch nicht das Sainte-Ding war, sagte Gabriel, so wars doch auf jeden Fall wunderschön.

– Sainte-Ding??? Sainte-Ding??? fragten beunruhigt die frankophonischsten unter den Touristen.

– Die Sainte-Chapelle, sagte Fedor Balanovitch. Eine Perle der gotischen Kunst.

– So (Gebärde), fügte Gabriel hinzu.

Beruhigt lächelten die Touristen.

– Na, sagte Gabriel, willst du's ihnen erklären?

Fedor Balanovitch ciceronierte die Sache in mehreren Sprachen.

– Verdammt, sagte Zazie mit Kennermiene, er ist beschlagen, der Slave.

Um so mehr, als die Touristen ihr Einverständnis bekundeten, indem sie begeistert ihre Münzen lockermachten und damit sowohl das Prestige Gabriels als auch die umfassenden Sprachkenntnisse Fedor Balanovitchs bestätigten.

– Das ist ja gerade meine zweite Frage, sagte Zazie. Als ich dich dort unten am Eiffelturm wiedertraf, sprachst du

das Ausländische ebensogut wie er. Was war denn da in dich gefahren? Und warum fängst du nicht wieder an?
– Das, sagte Gabriel, kann ich dir nicht erklären. Das sind Dinge, die einem so rausrutschen, ohne daß man selbst weiß wie. Der Genieblitz.
Und er trank sein Glas Grenadine leer.
– Was willst du da tun, Künstler sind nun mal so.

12

Trouscaillon und die Witwe Mouaque hatten schon ein Stück Weg zurücklegt, langsam und Seite an Seite, aber stur geradeaus und außerdem schweigend, als sie merkten, daß sie langsam und Seite an Seite gingen, aber stur gradeaus und außerdem schweigend. Darauf sahen sie sich an und lächelten sich zu: ihre beiden Herzen hatten gesprochen. Sie blieben voreinander stehen und fragten sich, was sie wohl miteinander reden könnten und in welcher Sprache sie es ausdrücken sollten. Darauf schlug die Witwe vor, diese Begegnung auf der Stelle gebührend zu feiern, indem sie ein volles Glas trockenlegten und zu diesem Zwecke in das Café Volicipede am Boulevard Sebastopol einzudringen, wo sich einige Hallenarbeiter gerade die Speiseröhre anfeuchteten, bevor sie ihre Gemüsekarren drückten. Ein Marmortisch würde ihnen seine mit Velours überzogene Polsterbank anbieten, und sie würden ihre Lippen in ihre Halben eintauchen, während sie darauf warteten, daß die Bedienung mit dem fahlen Fleisch sich entferne, um durch das Biergezisch hindurch ihre Liebesworte aufspringen zu lassen. Zur Stunde, da man die Fruchtsäfte in kräftigen Farben und die kräftigen Schnäpse in blassen Farben zu trinken pflegt, würden sie auf der besagten Veloursbank sitzen und unter dem erregten Zittern ihrer ineinanderverschlungenen Hände zeugungsträchtige Vokabeln aussprechen in bezug auf sexuiertes Verhalten in einer nicht allzu fernen Zukunft. Aber halt da, antwortete ihr Trouscaillon, ich kann nicht sofort, bicos der Uniform. Lassen Sie mir Zeit, die Lumpen zu wechseln. Und so nebenbei flüsterte er sie an wegen des Apéritifs in der Brasserie Spheroide, weiter oben rechts. Denn er wohnte in der Rue Rambuteau.

Die Witwe Mouaque, zur Einsamkeit zurückgekehrt, seufzte. Ich mache Dummheiten, sagte sie mit halblauter Stimme zu sich selbst. Aber diese wenigen Worte fielen nicht flach und ignoriert auf den Bürgersteig; sie fielen in die Lappohren einer, die alles andere als taub war. Zum inneren Gebrauch bestimmt, riefen diese drei Worte nichtsdestoweniger die folgende Antwort hervor: wer tut das nicht. Aber mit einem Fragezeichen, denn die Antwort war perkontativ.

– Sieh an, da bist du ja auch, sagte die Witwe Mouaque.

– Ich hab euch vorhin mal betrachtet, ihr wart beide zum Schießen, der Polyp und Sie.

– In deinen Augen vielleicht, sagte die Witwe Mouaque.

– In meinen Augen? Was denn ›in meinen Augen‹?

– Zum Schießen, sagte die Witwe Mouaque. In andern Augen gar nicht zum Schießen.

– Die andern, sagte Zazie, die können mich mal.

– Bist du allein?

– Aber gewiß, meine Liebe, ich gehe spazieren.

– Dies ist weder die Tageszeit noch das Viertel, kleine Mädchen allein herumspazieren zu lassen. Und was ist aus deinem Onkel geworden?

– Er schleppt die Touristen rum. Er hat sie jetzt zum Billardspielen geführt. Ich schöpfe indessen frische Luft. Denn Billard langweilt mich. Aber zum Spachteln soll ich sie wieder treffen. Hinterher gehen wir sehen, wie er tanzt.

– Tanzt? Wer?

– Mein Onkel.

– Tanzt er, dieser Elefant?

– Und sogar im Gazeröckchen, entgegnete Zazie stolz.

Der Witwe Mouaque verschlägts die Sprache.

Sie waren in Höhe eines Lebensmittelgeschäftes en gros und en détail angelangt; auf der anderen Seite des Einbahnboulevards goß eine ebenso En-gros-und-en-détail-Apotheke ihr grünes Licht über eine Menge, die begierig war

auf Kamillen und Hausmacher-Leberwurst, auf Karamelbonbons und Zitwersamen, auf Schweizerkäse und auf Luftlöcher, eine Menge, die durch die aufsaugende Nachbarschaft der Bahnhöfe übrigens immer seltener wurde.
Die Witwe Mouaque seufzte.
– Macht es dir nichts aus, wenn ich n bißchen neben dir hergehe?
– Wollen Sie mich etwa überwachen?
– Nein, aber ich hätte dann Gesellschaft.
– Das ist doch wurscht. Ich bin lieber allein.
Die Witwe Mouaque seufzte von neuem.
– Und dabei fühl ich mich so allein ... so allein ... so allein.
– Allein am Arsch, sagte das Mädchen in der korrekten Ausdrucksweise, die ihm eigen war.
– So hab doch Verständnis mit den großen Leuten, sagte die Dame, die Stimme voller Wasser. Ach . . . wenn du wüßtest.
– Hat Sie der Polyp in diesen Zustand gebracht?
– Oh, die Liebe ... wenn du das mal kennenlernst ...
– Das hab ich mir doch gleich gedacht, daß Sie mir am Ende noch Schweinereien erzählen werden. Wenn Sie weitermachen ... ruf ich nen Polyp ... nen andern.
– Das ist grausam, sagte die Witwe Mouaque bitter. Zazie zuckte die Achseln.
– Arme Alte . . . na ja denn, chbin ja kein schlechter Gaul. Ich werd Ihnen so lange Gesellschaft leisten, bis Sie sich wieder gefaßt haben. Hab doch n gutes Herz, wie?
Noch bevor die Mouaque Zeit gehabt hatte, ihr zu antworten, hatte Zazie hinzugefügt:
– Trotzdem ... n Polyp. Mich würde das ankotzen.
– Ich kann dich ja verstehn. Aber was will man da tun, es hat sich nun mal so getroffen. Vielleicht, daß wenn dein Onkel nicht gekittneppt worden wär ...
- Ich hab Ihnen doch schon gesagt, daß er verheiratet ist. Und meine Tante ist entschieden besser als Sie.

– Mach keine Reklame für deine Familie. Mein Trouscaillon genügt mir. Oder eher, wird mir genügen.
Zazie zuckte die Achseln.
– Das ist doch alles Kintopp, sagte sie. Hätten Se nicht n anderes Gesprächsthema.
– Nein, sagte die Witwe Mouaque energisch.
– Na denn schön, sagte Zazie nicht weniger energisch, dann teile ich Ihnen hiermit mit, daß die Wohlfahrtswoche zu Ende ist. Auf Wiedersehn.
– Ich danke dir trotzdem, mein Kind, sagte die Witwe Mouaque voller Nachsicht.
Getrennt überquerten sie zusammen die Fahrbahn und trafen sich vor der Brasserie Spheroide wieder.
– Sieh an, sagte Zazie. Da sind Sie ja immer noch. Laufen Sie mir etwa nach?
– Ich würde dich lieber sonstwo sehn, sagte die Witwe.
– Das ist doch die Höhe. Vor fünf Minuten konnte man Sie einfach nicht loswerden. Jetzt muß man das Weite suchen. Ist das die Liebe, die so macht?
– Was will man da tun? Damit du's genau weißt, ich hab hierselbst mit meinem Trouscaillon eine Verabredung.
Aus dem Kellergeschoß drang ein Heidenlärm. Ah, ah.
– Und ich mit meinem Onkel, sagte Zazie. Sie sind alle da. Da unten. Hören Sie, wie prähistorisch sie sich aufführen? Weil ich nämlich, wie ich Ihnen ja schon gesagt habe, das Billard . . .
Die Witwe Mouaque knöpfte sich den Inhalt des Erdgeschosses vor.
– Er ist nicht da, Ihr Louis, sagte Zazie.
– Noch nicht, sagte die Dame. Noch nicht.
– Klar, in den Kneipen sind doch nie Bullen. Das ist verboten.
– Da, sagte die Witwe schlau, biste aber mal reingefallen. Er ist sich nämlich in Zivilschale werfen gegangen.
– Und Sie glauben, Sie können ihn in diesem Zustand wiedererkennen?

– Ich liebe ihn, sagte die Witwe Mouaque.
– Inzwischen, sagte Zazie rundheraus, können Sie schon mal mit runtergehen und einen mit uns trinken. Vielleicht ist er doch im Kellergeschoß. Vielleicht hat er das absichtlich gemacht.
– Du darfst nicht übertreiben. Er ist n Bulle, aber kein Spion.
– Was wissen Sie denn über ihn? Hat er sich Ihnen näher anvertraut? Schon?
– Ich habe Vertrauen, sagte die alte Schachtel nicht weniger ekstatisch als rätselhaft.
Zazie zuckte noch einmal die Achseln.
– Los . . . ein Glas, das wird Sie auf andere Gedanken bringen.
– Warum nicht, sagte die Witwe, die nach einem Blick auf die Uhr festgestellt hatte, daß sie noch zehn Minuten auf ihren Polyp warten mußte.
Von der Treppe her sah man kleine Kugeln aufgeweckt über grüne Billardteppiche flitzen und andre, leichtere, kreuz und quer durch den Nebel fliegen, der von den Halben und den feuchten Hosenträgern aufstieg. Zazie und die Witwe Mouaque erblickten die kompakte Gruppe der Touristen um Gabriel gedrängt, der gerade über eine besonders schwierige Karambolage meditierte. Nachdem sie ihm gelungen war, jubelte man ihm in verschiedenen Sprachen zu.
– Die haben ihren Spaß, wie, sagte Zazie ganz stolz auf ihren Onkel.
Die Dame schien mit dem Haupte beizupflichten.
– Was sind das doch für dumme Arschlöcher, fügte Zazie ganz gerührt hinzu. Und dabei haben sie bis jetzt noch gar nichts gesehen. Wenn sich Gabriel im Gazeröckchen zeigen wird, da werden die erst ne Fresse machen.
Die Dame geruhte zu lächeln.
– Was ist denn das nun eigentlich, ein Schwuler? fragte

Zazie sie vertraulich als alte Kumpanin. Ein Hinterlader? Ein warmer Bruder? Ein Päderast? Ein Hormosechsueller? Gibt es da Nuancen?

– Mein armes Kind, sagte seufzend die Witwe, die ab und zu in den Ruinen ihrer durch die Reize des Blauen pulverisierten Moralität für die andern noch Scherben davon fand.

Gabriel, dem gerade ein Sechsbänder danebengegangen war, bemerkte sie und winkte ihnen zum Gruß kurz mit der Hand zu. Dann setzte er kaltblütig seine Serie fort, ohne sich um den Mißerfolg seiner letzten Karambolage zu kümmern.

– Ich gehe wieder rauf, sagte die Witwe entschlossen.

– Schöne blaue Blumen, sagte Zazie, die näher an das Billard herangegangen war.

Die angestoßene Kugel lag an f2, die andere weiße Kugel an g3 und die rote Kugel an h4. Gabriel schickte sich zu einem Kopfstoß an und bläute zu diesem Zwecke sein Verfahren. Er sagte:

– Sie ist verdammt anhänglich, die alte Schachtel.

– Sie hat nen ganz tollen Flört mit dem Bullen, der dich vorhin angequatscht hat, als wir in die Kneipe kamen.

– Das ist mir schnuppe. Laß mich jetzt spielen. Keine Scherze. Ruhe. Ruhig Blut.

Inmitten der allgemeinen Bewunderung hob er den Billardstock in die Luft, um die Motorkugel zu perkutieren, damit sie einen Parabelbogen beschreibe. Der gezielte Stoß ging jedoch daneben und säbelte in den Billardüberzug einen Zebrastreifen, der einen von dem Besitzer des Etablissements tariflich festgesetzten Handelswert darstellte. Die Touristen, die sich mit nachbarlichen Geräten bemüht hatten, ein ähnliches Ergebnis zu erzielen, ohne daß es ihnen jedoch gelungen war, gaben ihrer Bewunderung Ausdruck. Es war Zeit zum Abendessen.

Nachdem Gabriel eine Sammlung durchgeführt hatte, um

die Kosten zu zahlen, und wie recht und billig die Rechnung beglichen hatte, trommelte er seine Leute einschließlich der Pingpongspieler zusammen und brachte sie an die Oberfläche des Geschosses zum Spachteln. Die Brasserie im Erdgeschoß schien ihm zu diesem Unternehmen geeignet, und er ließ sich auf eine Polsterbank fallen, bevor er die Witwe Mouaque und Trouscaillon an dem Tisch gegenüber gesehen hatte. Sie machten ihm muntere Zeichen, und Gabriel hatte Mühe, den Bullen im Sonntagsstaat, der neben der alten Schachtel einen recht guten Eindruck machte, wiederzuerkennen. Nur den Anfällen seines guten Herzens gehorchend, lud Gabriel sie mit einer Gebärde ein, sich seiner Sippschaft anzuschließen, was sich die beiden nicht zweimal sagen ließen. Die Ausländer kamen vor Begeisterung über soviel Lokalkolorit fast hinter den Atem, während die Kellner, mit einem Lendenschurz bekleidet, aufzutragen begannen. Man servierte verschnupfte Halbe, und dazu gabs ein saumäßiges Sauerkraut mit ein paar Semmelwürsten dazwischen, verschimmelten Speck, lohfarbenen, verbrannten Schinken und ausgekeimte Kartoffeln, um somit wohldisponierten Gaumen die feine Blüte der französischen Küche zur unbesonnenen Begutachtung vorzusetzen.

Zazie, die von der Speise kostete, erklärte ohne Umschweife, daß das Scheiße sei. Der Bulle, von seiner Mutter, der Concierge, in einer handfesten Zwiebelrindfleisch-Tradition erzogen, die alte Schachtel als Expertin echter Pommes frites und Gabriel selbst, obgleich an die seltsame Nahrung gewöhnt, die man in Kneipen zu servieren pflegt, beeilten sich, dem Kinde jenes feige Schweigen aufzuerlegen, das den Sudelköchen erlaubt, auf der innenpolitischen Ebene den öffentlichen Geschmack zu korrumpieren und auf der außenpolitischen Ebene zum Nutzen der Ausländer das prachtvolle Erbe zu denaturieren, das den Küchen Frankreichs von den Galliern hinterlassen wurde, denen man, wie jeder weiß, unter anderem auch die Windeln, das Böttcherhandwerk und die nicht figurative Kunst verdankt.

– Ihr werdet mich doch nie daran hindern können zu sagen, sagte Zazie, daß das (Gebärde) einfach zum Kotzen ist.

– Natürlich, sagte Gabriel, ich will dich nicht dazu zwingen. Ich habe Verständnis, nicht wahr, Madame?

– Manchmal, sagte die Witwe Mouaque, manchmal.

– Es ist nicht eigentlich das, sagte Trouscaillon, es ist wegen der Höflichkeit.

– Wegen der Höflichkeit kann man mich, sagte Zazie.

– Sie, sagte Gabriel zu dem Blauen, Sie möchte ich bitten, mich diese Range so erziehen zu lassen, wie ich das für richtig halte. Schließlich trage ich die Responsabilitas. Meinste nicht, Zazie?

– Es sieht so aus, sagte Zazie. Auf jeden Fall ist bei mir nichts zu machen, daß ich diese Schweinerei fresse.

– Was wünscht das Fräulein? erkundigte sich heuchlerisch ein lasterhafter Serviettenschwenker, der den Krach witterte.

– Chwill wasandres, sagte Zazie.

– Schmeckt unser elsässisches Sauerkraut dem kleinen Fräulein nicht? fragte der lasterhafte Serviettenschwenker.

Er wollte auf die ironische Tour kommen, das Arschloch.

– Nein, sagte Gabriel nachdrücklich und bestimmt, es schmeckt ihr nicht.

Der Serviettenschwenker besah sich eine kurze Weile das Format Gabriels und witterte dann in der Person Trouscaillons den Bullen. So viele Trümpfe in der Hand eines einzigen Mädchens veranlaßten ihn, sein großes Maul zu halten. Er begab sich also daran, eine Vorstellung im Bauchkriechen zu geben, als der Geschäftsführer, ein noch größeres Arschloch, auf die Idee kam, einzugreifen. Er legte sofort mit seiner Schmalznummer los.

– Ja wie denn, wie denn, piepste er, die Ausländer erlauben

sich jetzt wohl, über Kochkunst zu reden? Ja Scheiße nochmal, dieses Jahr sind die Touristen ja dreist. Vielleicht wolln se auch noch behaupten, daß sie was vom Schnabulieren verstehn, die Deppen.
Er rief einige von ihnen an (Gebärde).
– Ja sagt mal ihr, glaubt ihr denn, wir haben mehrere siegreiche Kriege geführt, damit ihr daherkommt und auf unsere Eisbomben spuckt? Glaubt ihr etwa, daß wir im Schweiße unseres Angesichts den billigen Rotwein und den Schnaps anbauen, damit ihr sie zugunsten eurer Schweinereien von Cocacola und Chianti in den Dreck ziehen könnt? Ihr nichtsnutzigen Herumtreiber, als ihr noch dem Kannibalismus gehuldigt und das Mark aus den Knochen eurer gemetzelten Feinde gesuckelt habt, kannten unsere Vorfahren, die Kreuzfahrer, schon das Beefsteak mit Pommes frites, und das bevor Parmentier die Kartoffel erfunden hatte, ohne von der Blutwurst mit grünen Bohnen zu reden, die ihr nie herzustellen imstande wart. Paßt euch das nicht? Nein? Als wenn ihr was davon verstündet!
Er schöpfte Atem, um mit diesen höflichen Worten fortzufahren:
– Ist es vielleicht der Preis, weshalb ihr so ne Fresse schneidet? Immerhin sind sie ganz anständig, unsere Preise. Das habt ihr anscheinend noch nicht begriffen, ihr Geizhälse. Wovon sollte er denn seine Steuern bezahlen, der Wirt, wenn er nicht von vornherein mit euren Dollars rechnen würde, mit denen ihr ja doch nichts anzufangen wißt.
– Biste jetzt fertig mit deinem dummen Geschwätz? fragte Gabriel.
Der Geschäftsführer stößt einen Wutschrei aus.
– Und sowas behauptet, französisch zu quasseln, beginnt er zu heulen.
Er wandte sich an den lasterhaften Serviettenschwenker und teilte ihm seine Eindrücke mit:
– Ja hörst du diese hundsgewöhnliche Scheiße, die sich da

erlaubt, mich in unserm Dialekt anzuquatschen. Wenn einem da nicht das Kotzen kommt . . .

– Er spricht allerdings gar nicht schlecht, sagte der lasterhafte Serviettenschwenker, der Angst hatte, Keile zu bekommen.

– Verräter, sagte der aufgebrachte Geschäftsführer wild und schäumend.

– Worauf wartest du denn noch, um ihm in die Fresse zu hauen? fragte Zazie Gabriel.

– Pst, machte Gabriel.

– Drehen Sie ihm doch mal gründlich die Geschlechtsteile rum, sagte die Witwe Mouaque, da wird er schon hochgehen.

– Ich will das nicht sehen, sagte Trouscaillon und wurde grün. Während Sie in Aktion gehen, werde ich mich aus dem Staub machen. Ich muß mal schnell noch die Präfektur anrufen.

Der lasterhafte Serviettenschwenker stieß dem Geschäftsführer den Ellbogen in den Wanst und unterstrich damit die Worte des Gastes. Der Wind drehte sich.

– Nachdem dies gesagt ist, fing der Geschäftsführer an, nachdem dies also gesagt ist, was wünscht das Fräulein?

– Das Zeug, das Sie mir da hinstellen, sagte Zazie, ist ganz einfach Scheiße.

– Es liegt ein Irrtum vor, sagte der Geschäftsführer mit gütigem Lächeln, es liegt ein Irrtum vor, das war für den Nebentisch bestimmt, für die Touristen.

– Sie gehören zu uns, sagte Gabriel.

– Machen Sie sich keine Sorgen, sagte der Geschäftsführer augenzwinkernd, ich werde schon jemanden finden, dem ich mein Sauerkraut andrehen kann. Und was möchten Sie statt dessen, Mademoiselle?

– Ein andres Sauerkraut.

– Ein andres Sauerkraut?

– Ja, sagte Zazie, ein andres Sauerkraut.

– Wissen Sie, sagte der Geschäftsführer, das andre wird allerdings nicht besser sein als dies hier. Ich sag Ihnen das gleich, damits nachher nicht wieder losgeht mit Ihren Reklamationen.
– Ja gibts in Ihrem Lokal überhaupt etwas, was man essen kann?
– Um Ihnen zu dienen, sagte der Geschäftsführer. Ach, wenn die Steuern nicht wären (Seufzer).
– Miam, miam, sagte ein Tourist und schleckte seinen Sauerkrautteller aus.
Mit einer Gebärde deutete er an, daß er noch mehr davon haben wolle.
– Da, sagte der Geschäftsführer triumphierend.
Und Zazies Teller, den der lasterhafte Serviettenschwenker gerade weggenommen hatte, tauchte vor dem Heißhungrigen wieder auf.
– Da ich sehe, daß Ihr Kenner seid, fuhr der Geschäftsführer fort, möchte ich euch zu einem Corned Bif Natur raten. Ich werde die Dose vor euch öffnen.
– Der hat aber lange gebraucht, bis er endlich kapiert hat, sagte Zazie.
Gedemütigt entfernte sich der andere. Um ihn zu trösten, fragte ihn der gutherzige Gabriel:
– Und Ihre Grenadine? Ist sie gut, Ihre Grenadine?

13

Drei Sekunden lang sah Mado Ptits-pieds zu, wie das Telephon klingelte, in der vierten endlich versuchte sie zuzuhören, was am andern Ende vorging. Nachdem sie das Instrument von der Gabel abgehoben hatte, hörte sie es sogleich die Stimme Gabriels entleihen, der ihr erklärte, daß er seiner Hausfrau zwei Wörtchen zu sagen hätte.

– Und spute dich, fügte er hinzu.

– Ich kann nicht, sagte Mado Ptits-pieds, ich bin ganz allein, Monsieur Turandot ist nicht da.

– Du quasselst, sagte Laverdure, du quasselst, das ist alles, was du kannst.

– He, du dumme Sau, sagte die Stimme Gabriels, wenn niemand da ist, schließt du die Tür, und wenn jemand da ist, schmeißt du ihn raus, hast du kapiert, du Landpomeranze?

– Ja, Monsieur Gabriel.

Und sie legte auf. Das war gar nicht so einfach. Es war nämlich tatsächlich ein Gast da. Sie hätte ihn übrigens ganz allein lassen können, denn es war Charles, und Charles war nicht der Kerl, der in der Kasse rumschnüffeln würde, um sich dort etwas Kleingeld unter den Nagel zu reißen. Charles warn ehrlicher Kerl. Beweis, er hatte ihr gerade die Ehe angeboten.

Mado Ptits-pieds hatte kaum damit begonnen, über dieses Problem nachzudenken, als das Telephon wieder zu klingeln begann.

– Scheiße, heulte Charles, es ist doch einfach unmöglich, in diesem Bordell mal ungestört zu bleiben.

– Du quasselst, du quasselst, sagte Laverdure, den die Situation nervös machte, das ist alles, was du kannst. Mado

Ptits-pieds nahm den Hörer wieder in die Hand und hörte eine gewisse Anzahl Eigenschaftswörter daraus hervorsprudeln, von denen eines unangenehmer war als das andre.
– Leg doch nicht auf, du alte Ziege. Du weißt ja gar nicht, wo du mich anrufen sollst. Und wetz schon los. Bist du eigentlich allein oder ist jemand da.
– Charles ist da.
– Was will man von Charles, sagte Charles hochmütig.
– Du quasselst, du quasselst, das ist alles, was du kannst, sagte Laverdure.
– Grölt er so? fragte das Telephon.
– Nein, das ist Laverdure. Charles spricht vom Heiraten.
– Ah, entschließt er sich also, sagte das Telephon gleichgültig. Aber das soll ihn nicht hindern, Marceline herzuholen, wenn du die Treppen nicht raufrutschen willst. Er wird es gern für dich tun.
– Ich werd ihn fragen, sagte Mado Ptits-pieds.
(Eine Weile).
– Er sagt, daß er nicht will.
– Warum nicht?
– Er ist wütend auf Sie.
– Das Arschloch. Sag ihm, er soll mal an die Leitung geschlichen kommen.
– Charles, schrie Mado Ptits-pieds (Gebärde).
– Charles, schrie Mado Ptits-pieds (Gebärde).
– Ja kommt er wohl bald? fragte das Telephon.
– Ja, sagte Mado Ptits-pieds (Gebärde).
Schließlich näherte sich Charles, nachdem er sein Glas runtergekippt hatte, langsam dem Hörer und stößt dann, den Apparat aus den Händen seiner vielleicht Zukünftigen reißend, dieses kybernetische Wort hervor:
– Hallo.
– Bist du's, Charles?
– Rrroin.

– Dann flitz schon los und hol mir Marceline her, damit ich mit ihr spreche, es ist eilig.
– Mir hat niemand Befehle zu geben.
– O lala, darum handelt sichs doch gar nicht, spute dich schon, sag ich dir, 's ist eilig.
– Und ich sage dir, daß mir niemand Befehle zu geben hat.
Und er legt auf.
Dann ging er wieder ans Büfett zurück, hinter dem Mado Ptits-pieds zu träumen schien.
– Nun, sagte Charles, was hältst du davon? Ist es ein Ja oder ein Nein?
– Aber ich hab Ihnen doch schon gesagt, säuselte Mado Ptits-pieds, Sie sagen mir das so, ohne mich vorher davon zu verständigen, das ist ein Schock, ich hab das nicht voraussehen können, das muß bedacht werden, Monsieur Charles.
– Als wenn du noch nicht darüber nachgedacht hättest.
– Oh, Monsieur Charles, wie skeptisch Sie sind.
Das Läutwerk des Dingsbums begann von neuem zu telefunktionieren.
– Menschenskinder, was hat er nur, was hat er nur.
– Laß ihn doch rasseln, sagte Charles.
– Sie dürfen nicht so hart sein, er ist doch immerhin Ihr Kumpel.
– Jaa, aber mit dem Gör am Hals haut das ganz und gar nicht hin.
– Denken Sie nicht an die Kröte. In dem Alter darf man sie nicht ernst nehmen.
Da es weiterrasselte, machte sich Charles von neuem an die Leitung des abgehobenen Apparats.
– Hallo, heulte Gabriel.
– Rrroin, sagte Charles.
– Los, spiel nicht den Deppen. Mach schon und wetz zu Marceline, du fängst jetzt langsam an, mir auf die Eier zu gehen.

– Du störst mich, sagte Charles überheblich, verstehst du.
– Nein sowas, röhrte das Telephon, was man sich doch nicht alles anhören muß. Ich störe dich? Ja sag mal, was hast du denn schon Wichtiges zu tun?
Charles legte energisch seine Hand auf den Tonsummer des Apparats, wandte sich nach Mado um und fragte sie:
– Ists ja oder ists nein?
– 's ist ja, antwortete Mado Ptits-pieds errötend.
– Wirklich wahr?
(Gebärde).
Charles machte die Sprechmuschel frei und teilte dem immer noch am andern Ende der Leitung anwesenden Gabriel die folgende Sache mit:
– Hör zu, ich hab ne Neuigkeit für dich.
– Ist mir wurscht. Hol mir . . .
– Marceline, ich weiß.
Dann kotzt er blitzschnell raus:
– Mado Ptits-pieds und ich, wir haben uns gerade verlobt.
– Guter Gedanke. Eigentlich, ich hab mir überlegt, es ist nicht mehr nötig . . .
– Hast du überhaupt kapiert, was ich dir gesagt habe? Mado Ptits-pieds und ich, wir heiraten.
– Wenn es dir Spaß macht. Ja, Marceline, nicht mehr nötig, daß sie sich herbemüht. Sag ihr nur, daß ich die Kleine ins Pfandhaus mitnehme, damit sie sich die Vorstellung ansieht. Es sind noch distinguierte Touristen dabei und einige Kumpane, kurz, ne ganze Bande. Meine Nummer, da kannste dich drauf verlassen, die wird heute abend sitzen. Es ist für Zazie ne große Chance, daß sie gerade heut abend dabei sein kann. Ach so, Mensch, du kannst ja auch herkommen, mit Mado Ptits-pieds, so ne kleine Verlobungsfeier, was meinste? So was muß begossen werden, ich halt euch frei und dazu noch die Vorstellung gratis. Und Turandot kann auch kommen, dieser Gimpel, und Laverdure, falls man glaubt, daß es ihn amüsieren wird,

und Gridoux dürft ihr nicht vergessen, Gridoux. Den verfluchten Gridoux. Dann legt Gabriel auf.

Charles läßt den Hörer an der Schnur baumeln, dreht sich nach Mado Ptits-pieds um und versucht, etwas Denkwürdiges zu sagen:

– Na, sagt er, alles klar? Ist die Sache in Butter?

– Und wie, sagt Madeleine.

– Wir werden heiraten, wir beide, Madeleine, sagt Charles zu Turandot, der zurückkam.

– Guter Gedanke, sagt Turandot. Kommt her, ich schenk euch einen ein, damit wir das begießen. Aber es ist mir unangenehm, Mado zu verlieren. Sie arbeitete gut.

– Ja aber ich werde natürlich bleiben, sagt Madeleine. Ich würde mich ja zu Hause langweilen, während er mit seinem Taxi rumfährt.

– Das stimmt, sagt Charles. Im Grunde wird sich nichts ändern, bloß tun wirs jetzt in der Legalität, wenn wir mal ne Nummer schieben.

– Am Ende gibt man immer klein bei, sagt Turandot. Was wollt ihr trinken?

– Mir ist das schnuppe, sagt Charles.

– Diesmal werd ich dich bedienen, sagt Turandot galant zu Madeleine und tätschelte ihr den Hintern, was er gewöhnlich außerhalb der Arbeitszeit nicht zu tun pflegte, und dann auch nur, um etwas Schwung in den Laden zu bringen.

– Charles könnte vielleicht einen Fernet-Branca trinken, sagt Madeleine.

– Das kann man doch nicht trinken, sagt Charles.

– Heute mittag hast du aber einen runtergekippt, bemerkt Turandot.

– Das ist wahr. Also denn einen Beaujolais für mich. Man stößt an.

– Auf euren ehelichen Beischlaf, sagt Turandot.

– Danke, sagt Charles und wischt sich mit der Mütze den Mund ab.

Er fügt hinzu, daß das noch nicht alles ist und daß er Marceline benachrichtigen muß.

– Streng dich nicht an, mein Süßer, sagt Madeleine, ich werde schon hingehen.

– Was kann ihr das schon ausmachen, ob du heiratest oder nicht? sagt Turandot. Sie kann auch noch bis morgen warten, um das zu erfahren.

– Marceline, sagt Charles, das ist wieder was andres. Gabriel hat nämlich Zazie bei sich behalten und lädt uns alle ein und dich auch, mal einen runterzukippen und uns seine Nummer anzusehen. Einen runterzukippen und ich hoffe sogar mehrere.

– Na ja, sagt Turandot, du hast Geschmack. Du willst deine Verlobung in einer Hinterladerkneipe feiern. Da kann ich wirklich nur sagen, du hast Geschmack.

– Du quasselst, du quasselst, sagt Laverdure, das ist alles, was du kannst.

– Streitet euch doch nicht, sagt Madeleine, ich werde jetzt Madame Marceline Bescheid sagen gehen und mich dann hübsch anziehen, um unserm Gaby alle Ehre zu machen.

Sie fliegt davon. In der zweiten Etage angekommen, klingelt an der Tür die Neuverlobte. Eine auf so liebliche Weise angeklingelte Tür kann gar nichts andres tun, als sich öffnen. Und so öffnet sich die in Frage stehende Tür.

– Guten Tag, Mado Ptits-pieds, sagte Marceline sanft.

– So, da bin ich, sagt Madeleine und kommt langsam wieder zu Atem, nachdem er sie auf den Windungen der Treppe ein wenig im Stich gelassen hatte.

– So kommen Sie doch rein und trinken Sie eine Grenadine mit, sagt Marceline sanft und unterbricht sie.

– Ach, ich muß mich aber anziehen.

– Ich sehe nicht, daß Sie nackt sind, sagte Marceline sanft.

Madeleine errötet. Marceline sagt sanft:

– Und das würde uns von dem Gläschen Grenadine ja auch nicht abhalten, nicht wahr? Unter Frauen . . .

– Trotzdem.
– Sie sehen ganz aufgeregt aus.
– Ich hab mich gerade verlobt. Sie werden also verstehen.
– Sie sind doch nicht schwanger?
– Im Augenblick nicht.
– Dann dürfen Sie mir ein Gläschen Grenadine nicht abschlagen.
– Wie können Sie so gut reden.
– Ich kann nichts dafür, sagt Marceline sanft und schlägt die Augen nieder. Kommen Sie schon rein.
Madeleine säuselt verworrene Höflichkeiten und tritt ein. Aufgefordert, Platz zu nehmen, tut sie es. Die Hausfrau holt zwei Gläser herbei, eine Karaffe Wasser und eine Literflasche Grenadine. Vorsichtig gießt sie diese letztere Flüssigkeit aus, ziemlich voll bis an den Rand für ihren Gast, gerade einen Fingerhut voll für sich selbst.
– Ich nehm mich in acht, sagt sie sanft und lächelt schelmisch. Dann verdünnt sie den Trank mit Wasser, und sie schlürfen ihn hingebungsvoll.
– Und? fragt Marceline sanft.
– Nun, antwortet Madeleine, Monsieur Gabriel hat antelephoniert, daß er die Kleine mit in sein Kabarett nehmen würde, um ihr seine Nummer zu zeigen, und uns beide nimmt er auch mit, Charles und mich, um unsere Verlobung zu feiern.
– Ach, Charles ist es?
– Er ist bestimmt so lieb wie jeder andere. Er ist seriös, und außerdem kennen wir uns.
Sie lächelten sich weiterhin an.
– Sagen Sie mal, Madame Marceline, sagte Madeleine, welches Fähnchen soll ich denn anziehen?
– Tja, sagte Marceline sanft, für eine Verlobung trägt man gern mittleres Weiß mit einem Hauch Jungfrauensilber.
– Was das Jungfräuliche anbelangt, so ist es besser, wenn wir darüber hinwegsehen, sagte Madeleine.

– Das tut man aber.
– Selbst dann, wenn man in eine Hinterladerkneipe geht?
– Das tut nichts zur Sache.
– Ja aber aber aber, wenn ich doch kein weißes Kleid hab und keinen Hauch Jungfrauensilber oder nur ganz einfach ein zweiteiliges Schneiderkostüm mit einer Strumpfbandhalterhemdbluse, was soll ich da tun? Aber so sagen Sie mir doch, was soll ich da tun?
Marceline senkte den Kopf und gab durch augenscheinlichste Zeichen kund, daß sie nachdachte.
– Ja, sagte sie sanft, ja warum würden Sie in diesem Falle nicht Ihre amarantfarbene Jacke mit dem gelbgrünen Plisseerock anziehen, die ich einmal an einem vierzehnten Juli, als Sie auf den Ball gingen, an Ihnen gesehen habe?
– Ich bin Ihnen aufgefallen?
– Aber ja, sagte Marceline sanft, Sie sind mir aufgefallen (Schweigen). Sie waren bezaubernd.
– Das ist nett, sagte Madeleine. Dann sehen Sie also manchmal nach mir?
– Aber ja, sagte sanft Marceline.
– Weil ich, sagte Madeleine, weil ich Sie so schön finde.
– Wirklich? fragte Marceline voller Sanftmut.
– Oh ja, antwortete Mado mit Nachdruck, wirklich, ganz bestimmt. Sie sind einfach wunderschön. Es würde mir verdammt gut gefallen, so zu sein wie Sie. Sie sind verdammt gut gebaut. Und dazu noch so elegant.
– Übertreiben Sie doch nicht, sagte sanft Marceline.
– Doch doch doch, Sie sind wunderschön. Warum sieht man Sie eigentlich nicht öfters (Schweigen). Man würde Sie gern öfters sehen. Ich (Lächeln) würde Sie gern öfters sehen.
Marceline schlug die Augen nieder und errötete sanft.
– Ja, wiederholte Madeleine, warum sieht man Sie nicht öfters, Sie sind von so strahlender Gesundheit, daß ich mir erlaube, Sie darauf aufmerksam zu machen, und darüber hinaus noch so schön, ja, warum?

– Weil ich nicht gern auffallen möchte, antwortete Marceline sanft.
– Ohne so weit zu gehen, könnten Sie . . .
– Lassen wir dieses Thema, meine Liebe, sagte Marceline.
Danach blieben sie schweigsam, nachdenklich, träumerisch. Die Zeit verrann nicht schnell zwischen ihnen. In der Ferne hörten sie, wie auf den nächtlichen Straßen die Reifen langsam ihre Luft verloren. Durch das halbgeöffnete Fenster sahen sie den Mond auf dem Gitter einer Fernsehantenne schimmern, wobei er nur ganz wenig Lärm machte.
– Sie werden sich jetzt langsam anziehen müssen, sagte Marceline sanft, wenn Sie Gabriels Nummer nicht verpassen wollen.
– Das müßte ich tun, sagte Madeleine. Ich zieh also meine grüne Jacke an und den orangen- und zitronenfarbenen Rock vom vierzehnten Juli?
– Ganz richtig.
(Pause).
– Es stimmt mich doch traurig. Sie so allein zu lassen, sagte Madeleine.
– Aber nein, sagte Marceline. Ich bin daran gewöhnt.
– Trotzdem.
Sie standen beide mit einer gleichen Bewegung auf.
– Sie werden bezaubernd sein, sagte Marceline und näherte sich ihr sanft.
Madeleine sah ihr in die Augen.
Es klopft an der Tür.
– Kommst du jetzt bald, schreit Charles.

14

Der Schlitten füllte sich, und Charles fuhr an. Turandot saß neben ihm, Madeleine im Wageninnern zwischen Gridoux und Laverdure.
Madeleine betrachtete den Papagei, um schließlich die Runde zu fragen:
– Glaubt ihr, daß ihn die Vorstellung amüsieren wird?
– Mach dir da nur keine Sorgen, sagte Turandot, der die Trennscheibe zurückgeschoben hatte, um besser hören zu können, was hinter ihm gesprochen wurde, du weißt ja, daß er sich auf seine Art zu amüsieren pflegt, wenn er Lust dazu hat. Warum also nicht, wenn er sich Gabriel ansieht?
– Bei diesen Tieren, sagte Gridoux, weiß man nie so genau, was sie denken.
– Du quasselst, du quasselst, sagte Laverdure, das ist alles, was du kannst.
– Seht ihr, sagte Gridoux, die kapieren besser, als man allgemein annimmt.
– Das stimmt, pflichtete ihm Madeleine begeistert bei. Das ist verdammt wahr. Übrigens wir, was verstehen wir denn eigentlich wirklich? Was es auch sei von was es auch sei?
– Was von was?
– Vom Leben. Manchmal möchte man sagen ein Traum.
– Das sind Dinge, die man sagt, wenn man heiraten geht.
Und Turandot gab Charles einen sonoren Schlag auf den Schenkel, so daß die Taxe beinahe in Gefahr geriet, sich zu überschlagen.
– Schmier mir keinen Rotz an die Backe, sagte Charles.
– Nein, sagte Madeleine, das ist es gar nicht, ich dachte nicht nur an die Hochzeit, sondern ich dachte überhaupt.
– Das ist die einzige Art, sagte Gridoux mit Kennerton.
– Die einzige Art wovon?

– Von dem, was du gesagt hast.
(Schweigen).
– Eine Kolik ist das Dasein, fuhr Madeleine fort (Seufzer).
– Aber nein, sagte Gridoux, aber nein.
– Du quasselst, du quasselst, sagte Laverdure, das ist alles, was du kannst.
– Eigentlich, sagte Gridoux, könnte er mal ne neue Platte auflegen, der da.
– Soll das vielleicht bedeuten, daß er nicht begabt ist? schrie Turandot über die Schulter zurück.
Charles, den Laverdure niemals sonderlich interessiert hatte, neigte sich zu seinem Eigentümer hinüber und flüsterte ihm mit halblauter Stimme zu:
– Frag mal, ob das mit der Hochzeit immer noch hinhaut?
– Wen soll ich fragen? Laverdure?
– Stell dich doch nicht dummer an, als du bist.
– Man darf wohl keinen Jux mehr machen, sagte Turandot mit schmollender Stimme.
Und er schrie über die Schulter zurück:
– Mado Ptits-pieds.
– Hier, sagte Madeleine.
– Charles fragt an, ob du ihn immer noch zum Mann haben willst.
– Ja, antwortete Madeleine mit fester Stimme.
Turandot wandte sich an Charles und fragte ihn:
– Willst du Mado Ptits-pieds immer noch zur Frau?
– Ja, antwortete Charles mit fester Stimme.
– Dann, sagte Turandot mit nicht minder fester Stimme, erkläre ich euch beide geeint durch die Bande der Ehe.
– Amen, sagte Gridoux.
– Das ist doch idiotisch, sagte Madeleine aufgebracht, das ist doch n ganz saudummer Ulk.
– Warum? fragte Turandot. Willst du oder willst du nicht? Wir müßten uns da einig werden.
– Das war der Spaß, der nicht komisch war.

– Ich hab keinen Spaß gemacht. Ich wünsche euch schon lange vereint, euch beide, Charles.
– Kümmern Sie sich lieber um Ihren Hintern, Monsieur Turandot.
– Sie hat das letzte Wort gehabt, sagte Charles friedlich. Wir sind angekommen. Alles aussteigen. Ich werde noch meinen Wagen parken und komm dann zurück.
– Prima, sagte Turandot, ich hab allmählich schon nen ganz steifen Hals gekriegt. Du bist mir doch nicht böse?
– Aber nein, sagte Madeleine, so einem dummen Arschloch wie Ihnen kann man doch nicht böse sein.
Ein Admiral in großer Uniform kam herbei, um den Wagenschlag zu öffnen.
– Oh, wie niedlich, machte er, als er den Papagei erblickte. Ist sie auch eine?
Laverdure keifte:
– Du quasselst, du quasselst, das ist alles, was du kannst.
– Na ja, sagte der Admiral, man könnte meinen, sie sei scharf.
Und zu den Neuankömmlingen:
– Ihr seid wohl Gabriellas Gäste? Das sieht man auf den ersten Blick.
– Sag mal, du Schwuler, sagte Turandot, werd bloß nicht frech.
– Und das da, das will auch zu Gabriella?
Er sah den Papagei mit einem Ausdruck an, der auszudrücken schien, als drücke ihm der Ekel das Herz ab.
– Stört dich das? fragte Turandot.
– N bißchen schon, antwortete der Admiral. Bei dieser Art von Vieh bekomm ich immer Komplexe.
– Müssen Sie mal zu einem Psittako-Analytiker gehen, sagte Gridoux.
– Ich hab schon versucht, meine Träume zu analysieren, antwortete der Admiral, aber sie sind zu beschissen. Da kommt nichts bei raus.

– Wovon träumen Sie denn? fragte Gridoux.
– Von Ammen.
– So ein Schweinigel, sagte Turandot, der schäkern wollte. Charles hatte einen Platz gefunden, um seine Gurke zu parken.
– Ja wie ham wa's denn, sagte Charles, seid ihr immer noch nicht reingegangen?
– Das ist aber mal ne Böse, sagte der Admiral.
– Ich kann es nicht vertragen, wenn man mich anpflaumt, sagte der Taximane.
– Ich schreib mirs auf, sagte der Admiral.
– Du quasselst, du quasselst, sagte Laverdure ...
– Ihr raspelt wohl Süßholz, sagte Gabriel, der erschienen war. Kommt schon rein. Die Kundschaft ist noch nicht da. Nur die Touristen. Und Zazie. Kommt also rein. Los, kommt schon. Ihr werdet euch nachher noch ganz toll verlustieren.
– Warum hast du uns eigentlich ausgerechnet heute abend hierher kommen lassen? fragte Turandot.
– Sie, fuhr Gridoux fort, der Sie den schamhaften Schleier des Ostrazismus über den Bezirk Ihrer Tätigkeit warfen?
– Und der Sie, fügte Madeleine hinzu, niemals haben wollten, daß wir Sie bei der Ausübung Ihrer Kunst bewundern?
– Ja, sagte Laverdure, wir verstehen nicht das hic dieses nunc, noch das quid dieses quod.
Ohne auf die Intervention des Papageis einzugehen, antwortete Gabriel seinen vorhergehenden Gesprächspartnern mit diesen Worten:
– Warum? Ihr fragt mich warum? Oh, die seltsame Frage, wenn man selbst nicht weiß, wem was wann darauf antworten? Warum? Ja, warum? Ihr fragt mich warum? Oh, so laßt mich denn in diesem so süßen Augenblick die Verschmelzung der Existenz mit dem Quasi-Warum beschwören, jene Verschmelzung, die sich vollzieht in dem Schmelz-

tiegel des Unterpfands und des Handgelds. Warum warum warum warum, ihr fragt mich warum? Ja hört ihr denn nicht, wie die Gloxinien die Epithalamien entlang beben?
– Sagst du das für uns? fragte Charles, der oft Kreuzworträtsel löste.
– Nein, ganz und gar nicht, antwortete Gabriel. Aber so seht doch her! Seht her!
Ein Vorhang aus rotem Velours teilte magisch sich gemäß einer Mittellinie und ließ vor den Augen der entzückten Besucher die Bar, die Tische, das Podium und den Laufsteg des Pfandhauses erscheinen, der berühmtesten und bekanntesten Hinterladerkneipe der ganzen Hauptstadt, und daran fehlts nicht, zu dieser Stunde jedoch nur und schwach belebt durch die zufällige und etwas anomale Gegenwart der Schüler des Ciceronen Gabriel, in deren Mitte das Kind Zazie thronte und hochtrabende Redensarten verzapfte.
– Macht Platz, edle Fremde, sagte Gabriel zu ihnen.
Volles Vertrauen zu ihm habend, rührten sie sich, damit die Neuankömmlinge in ihrer Mitte sich niederlassen konnten. Nachdem die Vermischung vollzogen war, verfrachtete man Laverdure auf einen Tisch. Er gab seiner Zufriedenheit dadurch Ausdruck, daß er Sonnenblumenkerne so ziemlich überall um sich herum schmiß.
Ein Schottin, dem Etablissement angeschlossener gewöhnlicher Serviettenschwenker, betrachtete das Stück und gab mit lauter Stimme seine Meinung kund:
– Es gibt ja doch Behämmerte, erklärte er. Ich, im grünen Lande . . .
– Dicke Hinterladernutte, sagte Turandot. Hältst du dich vielleicht für vernünftiger mit deinem Röckchen?
– Laß ihn in Ruhe, sagte Gabriel, das ist sein Arbeitsgerät. Und was Laverdure betrifft, fügte er an die Adresse des Schottin hinzu, so hab ich ihn selbst eingeladen, du wirst also den Rand halten und deine Reflexionen für dich behalten.

– Das nenn ich reden, sagte Turandot und sah den Schottin siegreich an.
– Und ansonsten, fügte er hinzu, was hat man uns zu bieten? Champagner oder was?
– Hier ist das obligatorisch, sagte der Schottin. Es sei denn, Sie trinken Wiski. Wenn Sie wissen, was das ist.
– Und das fragt er mich, rief Turandot aus, mich, der ich in der Limonade bin.
– Das hätten Sie sagen müssen, sagte der Schottin und bürstete sich mit dem Handrücken seinen Rock ab.
– Na los denn, sagte Gabriel, bring uns das sprudelnde Gesöff des Etablissements.
– Wie viele Flaschen?
– Das kommt auf den Preis an, sagte Turandot.
– Aber ich hab dir doch gesagt, daß alles auf meine Rechnung geht, sagte Gabriel.
– Ich hab nur deine Interessen verteidigt, sagte Turandot.
– Ist die aber knickrig, bemerkte der Schottin, kniff dem Wirt ins Ohr und machte sich sofort davon. Ich werd ne Dicke bringen.
– Ne Dicke was? fragte Zazie und mischte sich plötzlich in die Unterhaltung ein.
– Er meint zwölf Dutzend Flaschen, erklärte Gabriel, dem mulmig wurde.
Zazie geruhte daraufhin, sich den Neuankömmlingen zu widmen.
– He, Taximann, sagte sie zu Charles, es scheint, daß man heiraten will?
– Es scheint so, antwortete Charles kurz und bündig.
– Sie haben also endlich jemanden nach Ihrem Geschmack gefunden.
Zazie beugte sich vor, um Madeleine zu betrachten.
– Ist sie es?
– Guten Tag, Mademoiselle, sagte Madeleine liebenswürdig.

– Grüß dich, sagte Zazie.
Sie wandte sich an die Witwe Mouaque, um es ihr beizubringen.
– Die beiden da, sagte sie und zeigte mit dem Finger auf die betreffenden Personen, wollen heiraten.
– Oh, wie rührend, rief die Witwe Mouaque aus. Und mein armer Trouscaillon bekommt jetzt vielleicht gerade eine gewischt in dieser schwarzen Nacht. Na ja (Seufzer), er hat sich nun mal diesen Beruf ausgesucht (Schweigen). Es wär doch n Witz, wenn ich ein zweites Mal Witwe würde, noch bevor ich verheiratet bin.
Sie lachte gellend auf.
– Was ist denn das für ne Spinatwachtel? fragte Turandot Gabriel.
– Weiß ich nicht. Seit heute nachmittag klebt sie uns an den Fersen mit einem Bullen, den sie unterwegs aufgegabelt hat.
– Welches ist denn der Bulle?
– Er ist weggegangen seine Runde drehen.
– Das gefällt mir ganz und gar nicht, diese Gesellschaft, sagte Charles.
– Ja, sagte Turandot, das ist nicht ganz einwandfrei.
– Macht euch nur keine Gedanken, sagte Gabriel. Ihr sorgt euch wegen einem Nichts. Seht her, hier ist das Gesöff. Hurra. Laßt euch vollaufen, Freunde und Touristen, und du, geliebte Nichte, und ihr, zärtliches Brautpaar. Das stimmt ja, wir dürfen es nicht vergessen, das Brautpaar. Einen Toast! Einen Toast auf das Brautpaar!
Die gerührten Touristen sangen im Chor häpibörsdä tuju, und einige schottische Kellnerinnen zerdrückten flink die Träne, die ihnen die Wimperntusche versauen würde.
Gabriel schlug darauf mit einem Gasauswerfer an ein Glas, und da die allgemeine Aufmerksamkeit sich sofort ihm zugewandt hatte, so groß war nämlich sein Prestige, setzte er sich rittlings auf einen Stuhl und sagte:

– Nun, meine Lämmer und meine Damen, die Mutterschafe, ihr werdet jetzt endlich einen kurzen Überblick über meine Talente bekommen. Seit langem schon wißt ihr, und einige unter euch ignorieren es seit kurzem nicht mehr, daß ich aus der choreographischen Kunst den Haupteuter der Brüste meines Einkommens gemacht habe. Schließlich muß man ja leben, nicht wahr? Und wovon lebt man, frag ich euch? Von der Luft des Wetters, selbstverständlich – wenigstens zum Teil, möcht ich sagen, und daran stirbt man auch –, aber viel mehr noch von jenem gehaltvollen Mark, das der Zaster ist. Dieses zuckersüße, geschmackvolle und polygene Produkt, das sich allzu leicht verflüchtigt dieweil es sich nur im Schweiße des Angesichts erwerben läßt zumindest gilt das für die Ausgebeuteten dieser Erde zu denen auch ich gehöre und deren erster sich Adam mit Vornamen nannte der von den Elohimen tyrannisiert wurde wie jeder weiß. Obgleich seine Hütte in Eden ihnen nicht lästig zu sein scheint in den Augen und nach dem Urteil der heutigen Menschen, verbannten sie ihn in die Kolonien, um dort den Boden zu harken und Pampelmus wachsen zu lassen, während sie den Hypnotiseuren verboten, seinem Ehegespons beim Gebären zu helfen, und sie die Schlangen zwangen, ihnen die Beine um den Hals zu legen. Hirngespinste, Bagatellen und Bibeleiengeficke. Wie dem auch sei, hab ich meine Kniegelenke mit dem besagten Schweiß meiner Stirn geschmiert und so verdien ich edenisch und adamisch mein Brot. In wenigen Augenblicken werdet ihr mich in Aktion sehen, aber aufgepaßt und täuscht euch nicht, das ist keine gewöhnliche Slip-Tise, was ich euch da vorführen werde, sondern das ist Kunst. Kunst mit einem großen K, habt gut acht. Kunst mit fünf Buchstaben, und die Wörter mit fünf Buchstaben sind den Wörtern mit drei Buchstaben, die so viel Gemeinheit durch den majestätischen Lauf unserer Sprache tragen, unbestreitbar überlegen, und auch den Wörtern mit sechs

Buchstaben, die nicht weniger häufig vehikulieren. Am Ende meiner Rede angelangt, bleibt mir nichts mehr weiter, als euch meinen Dank auszusprechen und meine Erkenntlichkeit für den ungeheuren Applaus, den ihr zu meiner Ehre und zu meinem höchsten Ruhme klatschen werdet. Herzlichen Dank! Im voraus herzlichen Dank! Und noch einmal, vielen Dank!

Und sich mit einem einzigen Satze und einer ebenso außergewöhnlichen wie unerwarteten Wendigkeit erhebend, machte der Koloß einige Luftsprünge, wobei er die Hände hinter seinen Schulterblättern bewegte, um den Flug des Schmetterlings nachzuahmen.

Dieses Aperçu seiner Talente rief bei den Touristen einen beachtlichen Begeisterungssturm hervor.

– Go, Weib, schrien sie, um ihm Mut zu machen.

– Mach schon zu, heulte Turandot, der noch nie ein so gutes Gesöff getrunken hatte.

– Oh, der Wildfang, sagte einer von den schottischen Kellnerinnen.

Während klumpenweise neue Gäste ankamen, die von Autobussen, die mit diesen Örtlichkeiten vertraut waren, abgeladen wurden, setzte sich Gabriel plötzlich mit finsterer Miene wieder hin.

– Ist Ihnen nicht gut, Monsieur Gabriel? fragte Madeleine nett.

– Ich hab Lampenfieber.

– Armleuchter, sagte Charles.

– Das ist nun mein Glück, sagte Zazie.

– Aber das wirst du uns doch nicht antun wollen, sagte Turandot.

– Du quasselst, du quasselst, sagte Laverdure, das ist alles, was du kannst.

– Es trifft ins Schwarze, dieses Tier, sagte einer von den schottischen Kellnerinnen.

– Nimm an, wir seien Leute wie die andern auch, sagte Zazie.

– Um mir eine Freude zu machen, sagte die Witwe Mouaque geziert.
– Sie, sagte Gabriel, Sie können mir den Buckel runterrutschen. Nein, meine Freunde, wandte er sich an die andern, nein, das ist es nicht allein (Seufzer) (Schweigen), aber ich hätte so gern gehabt, daß auch Marceline mich bewundern könnte.
Man kündete an, daß das Programm mit einer Karomba beginnen würde, getanzt von ganz lieben Martiniquesen.

15

Marceline war in einem Sessel eingeschlafen. Irgend etwas machte sie wach. Sie sah mit zwinkerndem Auge auf die Uhr, zog daraus jedoch keine besonderen Schlußfolgerungen und begriff schließlich, daß es sehr diskret an die Tür klopfte.

Sie löschte daraufhin sofort das Licht und rührte sich nicht. Gabriel konnte es nicht sein, denn wenn der mit den andern zurückkäme, würden sie natürlich einen solchen Spektakel machen, daß das ganze Viertel davon wach würde. Die Polizei war es auch nicht, da die Sonne noch nicht aufgegangen war. Die Hypothese eines Einbrechers, der den Sparstrumpf Gabriels begehren könnte, entlockte ihr ein Lächeln.

Eine kurze Zeit herrschte Stille, dann wurde am Türgriff gedreht. Da dies zu keinem Ergebnis führte, begann man, am Schloß herumzuschaffen. Das dauerte eine Zeitlang. Er ist nicht sonderlich auf dem Deckel, sagte sich Marceline.

Schließlich öffnete sich die Tür.

Der Kerl kam nicht sofort herein. Marceline atmete so leise und arglistig, daß der andere sie eigentlich kaum hören konnte.

Endlich machte er einen Schritt. Er tastete umher, um den Schalter zu suchen. Es gelang ihm, ihn zu finden, und es ward augenblicklich Licht im Vestibül.

Marceline erkannte sogleich die Silhouette des Kerls wieder, es war der sogenannte Warenstock-Pedro. Nachdem er jedoch in dem Zimmer, in dem sie sich befand, Licht gemacht hatte, glaubte Marceline, sich geirrt zu haben, denn die anwesende Person trug weder Schnurrbart noch Rauchgläser.

Er hatte seine Schuhe in der Hand und lächelte.

– Ich jag Ihnen wohl eine Heidenangst ein, wie? fragte er galant.
– Nenni, antwortete Marceline sanft.
Und während er schweigend seine Latschen wieder anzog, nachdem er sich gesetzt hatte, stellte sie fest, daß ihr bei ihrer ersten Identifizierung kein Irrtum unterlaufen war. Es war tatsächlich der Kerl, den Gabriel die Treppe runtergeworfen hatte.
Als er seine Schuhe angezogen hatte, sah er Marceline von neuem lächelnd an.
– Dieses Mal, sagte er, würde ich gern ein Gläschen Grenadine akzeptieren.
– Warum ›dieses Mal‹? fragte Marceline und rollte die letzten Worte ihrer Frage in Anführungszeichen ein.
– Erkennen Sie mich nicht wieder?
Marceline zögerte, dann gab sie es zu (Gebärde).
– Sie werden sich wohl fragen, was ich zu einer solchen Stunde bei Ihnen will?
– Sie sind ein großer Psychologe, Monsieur Pedro.
– Monsieur Pedro? Warum denn ›Monsieur Pedro‹? fragte der Kerl verwundert und verzierte den Monsieur Pedro mit einigen Anführungszeichen.
– Weil Sie sich heute morgen so genannt haben, antwortete Marceline sanft.
– Ach was? machte der Kerl ungeniert. Ich hatte es ganz vergessen.
(Schweigen).
– Na und, fuhr er fort, Sie fragen mich gar nicht, was ich zu einer solch ungewöhnlichen Stunde hier will?
– Nein, ich frage Sie nicht.
– Das ist schade, sagte der Kerl, weil ich dann nämlich geantwortet hätte, ich sei jetzt gekommen, um das Gläschen Grenadine zu akzeptieren.
Schweigend richtete Marceline das Wort an sich selbst, um sich folgende Überlegung mitzuteilen:

– Der möchte wohl, daß ich ihm sage, sein Vorwand sei kindisch und dumm, aber ich werde ihm dieses Vergnügen nicht machen, nein, das werd ich ihm nicht machen.
Der Kerl sieht sich im Zimmer um.
– Ist sie dort drin? (Gebärde).
Er zeigte auf das häßliche Büfett.
Da Marceline nicht antwortet, zuckt er die Achseln, steht auf, öffnet das Möbel und holt die Flasche und zwei Gläser heraus.
– Sie trinken doch einen mit? schlägt er vor.
– Da könnte ich nicht schlafen, antwortet Marceline sanft.
Der Kerl drängt nicht weiter. Er trinkt.
– Das Zeug ist wirklich scheußlich, bemerkt er nebenbei.
Marceline gibt keinen Kommentar.
– Sie sind noch nicht zurückgekommen? fragt der Kerl, nur so, um was zu sagen.
– Das sehen Sie doch. Andernfalls wären Sie schon unten.
– Gabriella, macht der Kerl träumerisch (Pause). Spaßig (Pause). Ausgesprochen spaßig.
Er trinkt sein Glas aus.
– Pfui Deibel, murmelt er.
Und von neuem hängt Schweigen in der Luft.
Schließlich entschließt sich der Kerl.
– Also hören Sie, sagt er, ich habe Ihnen eine Anzahl Fragen zu stellen.
– Sie können sie stellen, antwortet Marceline sanft, aber ich werde nicht darauf antworten.
– Sie müssen, sagt der Kerl, ich bin der Inspektor Bertin Poirée.
Darauf muß Marceline lachen.
– Hier ist mein Ausweis, sagt der Kerl verdrossen.
Und von weitem zeigt er ihn Marceline.
– Er ist gefälscht, sagt Marceline. Das sieht man doch auf den ersten Blick. Und außerdem wüßten Sie, wenn Sie ein richtiger Inspektor wären, daß so keine Untersuchung

geführt wird. Sie haben sich ja nicht einmal die Mühe gemacht, einen Kriminalroman zu lesen, einen französischen selbstverständlich, wo Sie es gelernt hätten. Sie haben sich jedenfalls genug eingebrockt, um in den Knast zu wandern: Hausfriedensbruch, Türschloß aufgeknackt ...

– Und vielleicht noch was anderes geknackt.

– Verzeihung? fragt Marceline sanft.

– Nun, sagt der Kerl, ich bin furchtbar in Sie verknallt. Vom ersten Augenblick an, als ich Sie sah, hab ich mir gesagt: ich werd nicht mehr auf dieser Erde leben können, wenn ich Sie mir nicht eines Tages unter den Nagel reiße, und dann hab ich noch zu mir gesagt: und zwar so schnell wie möglich. Ich kann eben nicht warten, ich. Ich bin ein Ungeduldiger: das ist mein Charakter. Darauf hab ich mir gesagt: heute abend werd ich meine Chancen wahrnehmen, da sie – die Göttliche – das sind Sie – allein im Nestchen sein wird, weil nämlich der ganze Rest des Hauses einschließlich dieses Trottels von Turandot zum Pfandhaus gehen wird, um die Luftsprünge Gabriellas zu bewundern. Gabriella! (Schweigen). Spaßig (Schweigen). Ausgesprochen spaßig.

– Woher wissen Sie denn das alles?

– Weil ich der Inspektor Bertin Poirée bin.

– Sie tragen wirklich dick auf, sagte Marceline und bediente sich plötzlich eines andern Vokabulars. Geben Sie zu, daß Sie ein falscher Bulle sind.

– Sie glauben, daß ein Bulle – wie Sie sagen – nicht verliebt sein kann?

– Sie sind doch ein großes Arschloch.

– Es gibt tatsächlich Bullen, die nicht sehr aufgeweckt sind.

– Aber Sie haben was aufm Kasten.

– Ja, wie, ist das die ganze Wirkung, die meine Erklärung auf Sie gemacht hat? Meine Liebeserklärung?

– Sie werden sich doch nicht im Ernst einbilden, daß ich mich so einfach hinlege: auf Wunsch.

– Ich glaube ernsthaft, daß mein persönlicher Charme Sie letztlich nicht gleichgültig lassen wird.
– Was man doch nicht alles hören muß!
– Sie werden schon sehen. Ein kleines Gespräch, und meine Verführungskünste beginnen zu wirken.
– Und wenn sie nicht wirken?
– Dann spring ich Sie einfach an. Ganz glatt.
– Na los, versuchen Sie's doch.
– Oh, ich habe Zeit. Es ist nur im äußersten Notfall, daß ich zu diesem Mittel greife, das, wie ich gestehen muß, mein Gewissen nicht vollständig gutheißt.
– Sie werden sich aber beeilen müssen, Gabriel wird bald heimkommen.
– O nein, heute abend gehts bis sechs Uhr morgens.
– Arme Zazie, sagte Marceline sanft, sie wird sehr müde sein und soll doch um sechs Uhr sechzig den Zug nehmen.
– Zazie ist mir doch schnuppe. Das Görenvolk widert mich an, das riecht so säuerlich, bah. Eine schöne Person wie Sie dagegen, verflixt.
– Trotzdem sind Sie heute morgen hinter dem armen Kinde hergewesen.
– Das kann man nicht sagen. Ich hab sie Ihnen ja zurückgebracht. Und außerdem hab ich meinen Tag erst begonnen. Aber als ich Sie dann gesehen hab ...
Der Abendbesucher sah Marceline ganz melancholisch an, dann griff er energisch nach der Flasche Grenadine, um mit diesem Gesöff ein Glas zu füllen, dessen Inhalt er gierig verschluckte, um dann den nicht eßbaren Teil auf den Tisch zurückzustellen, so wie man es mit den Knochen des Koteletts tut oder mit den Gräten der Seezunge.
– Bah, machte er, als er das selbstgewählte Getränk schluckte und es der gleichen hurtigen Behandlung unterwarf, die der Wodka gewohnt ist.
Er wischte sich seine klebrigen Lippen mit dem (linken)

Handrücken ab und begann sodann mit der angekündigten Charmesitzung.
– Ich, sagte er so beiläufig, ich bin ein flatterhafter Mensch. Das Bauerngör interessierte mich nicht, trotz seiner Mordgeschichten. Ich spreche da von heute morgen. Aber im Verlaufe des Tages ködere ich mir doch da so eine alte Schachtel, der man auf den ersten Blick die Haute-Volée ansieht. Die Baronin Mouaque. Eine Witwe. Die ist mir verfallen. Innerhalb von fünf Minuten war ihr Leben umgekrempelt. Ich muß allerdings sagen, daß ich zu diesem Zeitpunkt meinen schönsten Staat als Verkehrsschutzmann anhatte. Ich tu das so furchtbar gern. Ich vertreib mir die Zeit mit dieser Uniform und amüsier mich dabei. Sie können sich da gar keine Vorstellung von machen. Den größten Spaß hab ich, wenn ich einem Taxi pfeifen und hineinsteigen kann. Die Kakerlake am Steuer ist direkt um. Ich laß mich nach Hause fahren. Einfach sprachlos, die Kakerlake. (Schweigen). Sie werden mich vielleicht etwas snobistisch finden?
– Jeder nach seinem Geschmack.
– Finden Sie mich immer noch nicht charmant?
– Nein.
Bertin Poirée hüstelte zwei-dreimal, dann fuhr er mit diesen Worten fort:
– Muß Ihnen noch erzählen, wie ich sie kennenlernte, die Witwe.
– Das ist mir schnuppe, sagte Marceline sanft.
– Auf jeden Fall hab ich sie im Pfandhaus hinterlassen. Das Beineschwenken Gabriellas (Gabriella!), daß das mich kalt läßt, können Sie sich wohl denken. Sie dagegen ... Sie bringen mich in Glut.
– Oh, Monsieur Warenstock-Pedro, schämen Sie sich denn nicht?
– Schämen, schämen ... was heißt hier schämen. Ist man etwa zart, wenn man zwitschert? (Schweigen). Und dann noch was, nennen Sie mich nicht mehr Warenstock-Pedro,

das macht mich wild. Das hab ich heut morgen so aus der la Mäng erfunden, nur so, für Gabriella (Gabriella!), aber ich bin nicht dran gewöhnt, ich hab den Namen nie benutzt. Dagegen hab ich andere, die wunderbar zu mir passen.
– Wie Bertin Poirée?
– Zum Beispiel. Oder auch den, den ich mir zulege, wenn ich mich als Schupo bekleide (Schweigen).
Er schien beunruhigt.
– Ich bekleide mich, wiederholte er schmerzvoll. Ist das ganz korrekt: ich bekleide mich? Ich begleite mich, ja, das kann man sagen, aber: ich bekleide mich? Was halten Sie davon, meine Schöne?
– Nun, dann begleiten Sie sich doch, aber hinaus.
– Das liegt ganz und gar nicht in meiner Absicht. Also, wenn ich mich bekleide ...
– Verkleide ...
– Aber nein, keineswegs! Es ist keine Verkleidung! Wer hat Ihnen denn gesagt, daß ich kein richtiger Bulle bin?
Marceline zuckte die Achseln.
– Na schön, kleiden Sie sich an.
– Bekleiden Sie sich! Bekleiden Sie sich! Aber Sie sind ja Sie sich.
Marceline lachte lauthals.
– Bekleiden Sie sich! Bekleiden Sie sich! Aber Sie sind ja ne vollkommene Null. Man sagt: Kleiden Sie sich an.
– Das werden Sie mir nie weismachen.
Er sah ärgerlich aus.
– Sehen Sie im Diktionär nach.
– Im Diktionär? Aber ich hab doch keinen Diktionär bei mir. Hab nicht mal einen zu Hause. Wenn Sie glauben, ich hätte Zeit zum Lesen. Bei all meinen Geschäften.
– Dort steht einer (Gebärde).
– Verflucht, sagte er beeindruckt. Sie sind auch noch ne Intellektuelle.
Aber er rührte sich nicht.

– Soll ich ihn holen gehen?
– Nein, ich gleite hin.
Mißtrauisch nahm er das Buch vom Bücherbrett, wobei er sich bemühte, Marceline nicht aus den Augen zu verlieren. Nachdem er dann mit dem Schmöker zurückgekommen war, blätterte er ihn mühsam durch und verlor sich vollkommen in diese Arbeit.
– Wollen mal sehn ... Bekassine, Schnepfenart ... bekehren ... Bekehrung ... Bekenntnis ... beklagenswert ... das ists nicht.
– Sie müssen weiter hinten sehen.
– Was steht denn weiter hinten? Schweinereien, wett ich ... hatte auch richtig getippt ... Beklebung, beklecksern ... das ists auch nicht.
– Ich hab Ihnen doch gesagt: weiter hinten.
– Scheiße, ist das kompliziert ... ah, ich habs. Und dabei stehts noch ganz oben auf der Seite. Ja: bekleiden. Hab mich also doch richtig ausgedrückt, vorhin. Mal weitersehn. Ein Amt bekleiden. Ich bekleide ein Amt, du bekleidest ein Amt ... spaßig ... ausgesprochen spaßig ... Sieh mal an ... Und entkleiden? ... gucken wir mal bei entkleiden ... Entität ... Entkeimung ... entkernen ... entkleiden ... da ists. Sich seiner Kleidung entledigen ... Dann kann man also sagen, entkleiden Sie sich. Los denn, heulte er plötzlich, los denn, meine Schöne, entkleiden Sie sich! Und zwar schnell. Nackt gemacht! Nackt gemacht!
Und seine Augen waren blutunterlaufen. Und das um so mehr übrigens, als Marceline sich vollständig und nicht weniger als plötzlich dünnegemacht hatte.
Sich während des Abstiegs der Steigeisen bedienend, bewegte sie sich, ein Köfferchen in der Hand, mit der größten Leichtigkeit an der Mauer entlang und hatte nichts mehr zu tun, als durch einen Sprung von einigen drei Metern ihren Reiseweg zu beenden.
Sie verschwand an der Straßenecke.

16

Trouscaillon hatte wieder seine Polypenuniform angezogen. Auf dem kleinen Platz unweit des Pfandhauses wartete er melancholisch auf die Schließung des Etablissements. Er betrachtete nachdenklich (wie es schien) eine Gruppe Clochards, die auf dem Gitter eines Metroschachtes schliefen und die mittelmeerische Wärme kosteten, die dieser Mund ausströmt und die zu erkalten ein Streik nicht genügt hatte. Eine Weile dachte er so über die Zerbrechlichkeit der menschlichen Dinge nach und über die Pläne der Mäuse, die nicht besser gelingen wollen als die der Anthropoiden, dann begann er – aber nur ganz kurz, man darf nicht übertreiben – das Los jener Enterbten zu beneiden, Enterbte vielleicht, aber befreit von der Last der gesellschaftlichen Sklaverei und der mondänen Konventionen. Trouscaillon seufzte.

Ein noch schlimmerer Seufzer gab ihm ein Echo und trug Verwirrung und Bestürzung in die trouscaillonischen Träumereien. Wasistas, wasistas, wasistas sagte sich die trouscaillonische Träumerei und zog sich nun ebenfalls die Polypenuniform an, und mit aufmerksamem Auge durch den Schatten huschend, entdeckte sie den Ursprung dieser sonoren Intervention in der Person eines Kidams, der steif auf einer Bank saß. Trouscaillon näherte sich ihm, nicht ohne die üblichen Vorsichtsmaßnahmen ergriffen zu haben. Die Clochards schliefen weiter, denn sie hatten schon ganz andere vorbeigehen gespürt.

Das Individuum gab vor, zu schlummern, was Trouscaillon zwar beunruhigte, ihn indes aber nicht hinderte, das Wort wie folgt an es zu richten:

– Was tun Sie an diesem Ort? Und zu so später Stunde?

– Geht Sie das was an? antwortete der X genannte.

Trouscaillon hatte sich übrigens die gleiche Frage gestellt, während er die seinen hervorsprudelte. Ja, was ging ihn das eigentlich an? Es war halt der Beruf, der das so mit sich brachte, der Beruf des Umhangs, aber seitdem er Marceline verloren hatte, wäre er fast geneigt gewesen, das Leder seines Verhaltens in dem Sperma seiner Desiderata zu erweichen. Gegen diese verderbliche Neigung ankämpfend, fuhr er folgendermaßen in der Unterhaltung fort:

– Doch, sagte er, das betrifft mich.

– Tja, sagte der Mann, in diesem Falle ist es was andres.

– Gestatten Sie mir also, den Fragesatz, den ich vor einigen Augenblicken vor Ihnen aussprechte, neu zu formulieren.

– Aussprach, sagte der Dunkle.

– Aussprachte, sagte Trouscaillon.

– Aussprach ohne tee.

– Aussprach, sagte Trouscaillon endlich. Ach, die Grammatik ist nie meine Stärke gewesen. Und gerade das hat mir schon so manchen Streich gespielt. Aber lassen wir das. Nun?

– Was nun?

– Meine Frage?

– Die, sagte der andere, hab ich vergessen. Inzwischen.

– Muß ich also wieder von vorn anfangen?

– Es sieht ganz so aus.

– Was für ne Mühsal.

Trouscaillon hörte zu atmen auf, da er von seiten seines Gesprächspartners eine Reaktion befürchtete.

– Los, sagte dieser herzlich zu ihm, strengen Sie sich n bißchen an.

Trouscaillon strengte sich ganz gewaltig an:

– Name Vorname Geburtstag Geburtsort Immatrikulationsnummer der Krankenversicherung Bankkontonummer Sparkassenbuch Mietquittung Gasquittung Elektrizitätsquittung Wochenkarte für die Metro Wochenkarte für den Autobus Neckermannrechnung Kühlschrankprospekt

Schlüsselbund Lebensmittelkarten Blankett Passierschein Papstbulle und tutti frutti rücken Sie mir schleunigst und ohne Widerspruch Ihre Ausweispapiere raus. Und dabei laß ich die Frage nach der grauen Autokarte nach dem Sicherheitsscheinwerfer dem Reisepaß und tutti quanti vollkommen außer acht, denn das alles steht wohl kaum in Ihren Mitteln.

– Herr Polizist, sehen Sie den Bus (Gebärde) dort?

– Ja.

– Den fahr ich.

– Ach.

– Nun sagen Se mal, sehr auf Draht sind Se ja auch nicht. Haben Sie mich immer noch nicht wiedererkannt?

Trouscaillon, ein wenig beruhigt, setzte sich neben ihn.

– Gestatten Sie? fragte er.

– Tun Sie's doch.

– Es entspricht nämlich nicht der Dienstvorschrift (Schweigen).

– Überhaupt, sagte Trouscaillon, was die Dienstvorschrift angeht, hab ich heute ja vollkommen daneben gespuckt.

– Kerne?

– Obstkerne.

(Schweigen).

Trouscaillon fügte hinzu:

– Wegen den Weibern.

(Schweigen).

Trouscaillon fuhr fort:

– . . . mir zieht nämlich das Beichtfieber die Pfeife zusammen . . . die offene Rede . . . na ja, ich hab den Schwätzer . . . hab mir immerhin allerhand von der Leber zu reden . . .

(Schweigen).

– Selbstverständlich, sagte Fedor Balanovitch.

Eine Stechmücke flog in den Lichtkegel einer Straßenlaterne. Sie wollte sich erwärmen, bevor sie neue Häute stach. Es gelang ihr. Ihr ausgeglühter Körper fiel langsam auf den gelben Asphalt.

– Na, schießen Sie schon los, sagte Fedor Balanovitch, andernfalls erzähl ich.

– Nein, nein, sagte Trouscaillon, sprechen wir noch ein wenig von mir.

Nachdem er sich das haarige Leder mit einem habgierigen und erntebeflissenen Fingernagel gekratzt hatte, sprach er Worte aus, denen einen gewissen Anstrich von Unparteilichkeit und sogar Noblesse zu geben er nicht versäumte. Diese Worte, hier sind sie:

– Ich werde Ihnen nichts von meiner Kindheit und nichts von meiner Jugend sagen. Von meiner Erziehung sprechen wir lieber nicht, ich habe nämlich keine, und von meiner Bildung kann ich nicht sprechen, denn sie ist minimal. Dieser Punkt wäre damit erledigt. Ich komme jetzt also zu meinem Militärdienst, auf den ich nicht näher eingehen werde. Junggeselle seit meinem frühesten Kindesalter, hat das Leben das aus mir gemacht, was ich bin. Er unterbrach sich, um n bißchen zu träumeln.

– Na los, fahren Sie schon fort, sagte Fedor Balanovitch, andernfalls fang ich an.

– Also wirklich, sagte Trouscaillon, 's haut einfach nicht hin . . . und das alles wegen der Frau, die ich heute morgen treffte.

– Die ich traf.

– Die ich trafte.

– Die ich traf ohne tee.

– Die ich traf.

– Meinen Sie die alte Schachtel, die Gabriel hinter sich herschleppt?

– O nein. Die nicht. Die hat mich übrigens gewaltig enttäuscht. Die hat mich meinen Geschäften nachlaufen lassen, und was für Geschäften, ohne auch nur die geringsten Anstalten zu machen, mich zurückzuhalten, sie hatte nur eins

im Kopf, sie wollte Gabriella tanzen sehen. Gabriella ... spaßig ... ausgesprochen spaßig.
– Das ist genau das Wort, sagte Fedor Balanovitch. Es gibt in ganz Paris nichts, was man mit Gabriels Nummer vergleichen könnte, und ich kann Ihnen versichern, daß ich n gutes Stück vom Bei-Neid dieser Stadt kenne.
– Sie Glücklicher, sagte Trouscaillon zerstreut.
– Aber ich hab sie so oft gesehen, Gabriels Nummer, daß ich jetzt die Schnauze voll hab davon, das kann man schon sagen. Und außerdem bringt er nichts Neues mehr. Aber was wollen Sie, die Künstler sind oft so. Wenn sie mal ne Masche gefunden haben, reiten sie drauf rum, bis nichts mehr rauszuholen ist. Na ja, es stimmt ja schon, daß wir alle n bißchen so sind, jeder auf seine Art.
– Ich nicht, sagte Trouscaillon schlicht. Ich variiere meine Maschen ständig.
– Weil Sie noch nicht die richtige gefunden haben. Das ist es nämlich: Sie suchen sich. Aber wenn Sie mal das gewünschte Ergebnis erreicht haben, werden Sie bestimmt dabei bleiben. Denn was Sie bisher so an Ergebnissen erzielt haben, war wohl sicher nicht sehr glänzend. Sie brauchen sich ja nur mal zu betrachten: Sie sehen ganz miserabel aus.
– Sogar in Uniform?
– Das macht die Sache nicht besser.
Niedergeschlagen schwieg Trouscaillon.
– Und, fuhr Fedor Balanovitch fort, auf was reimt sich das eigentlich?
– Das weiß ich auch nicht so richtig. Ich warte auf Madame Mouaque.
– Und ich, ich warte ganz einfach auf meine Arschlöcher, um sie in ihre Herberge zurückzufahren, denn zur ersten Stunde schon sollen sie nach Gibraltar zu den alten Festungswällen aufbrechen. Das ist ihre Reiseroute.
– Die haben Glück, murmelte Trouscaillon zerstreut.

Fedor Balanovitch zuckte die Achseln und würdigte diese Worte keines Kommentars.
In diesem Augenblick hörte man Geschrei: das Pfandhaus schloß.
– Nicht zu früh, sagt Fedor Balanovitch.
Er steht auf und geht auf seinen Autobus zu. Er geht einfach weg, ohne irgendwelche Höflichkeitsformeln.
Trouscaillon steht ebenfalls auf. Er zögert. Die Clochards schlafen. Die Stechmücke ist tot.
Fedor Balanovitch drückt einige Male auf die Hupe, um seine Schäfchen einzusammeln. Diese beglückwünschen sich gegenseitig wegen des schönen, ausgezeichneten Abends, den sie verbracht haben, und kauderwelschen auf Deubel komm raus, als sie diese Botschaft in die Eingeborenensprache übertragen wollen. Man sagt sich Adieu. Die weiblichen Elemente wollen Gabriel küssen, die männlichen wagen es nicht.
– Etwas weniger Radau, sagt der Admiral.
Die Touristen steigen nach und nach in den Bus. Fedor Balanovitch gähnt.
Laverdure ist in seinem Käfig, der an Turandots Arm hängt, eingeschlafen. Zazie widersteht mutig: sie wird Laverdure nicht nachmachen. Charles ist weggegangen, um seinen Schlitten zu holen.
– Na, mein kleiner Gauner, sagt die Witwe Mouaque, als sie Trouscaillon ankommen sieht, haben Sie sich gut amüsiert?
– Nicht sonderlich, nicht sonderlich, sagt Trouscaillon.
– Und wir, was haben wir uns unterhalten. Monsieur ist wirklich von einer Urkomik.
– Danke, sagt Gabriel. Aber vergessen Sie nicht die Kunst. Es gibt nicht nur den Jux, es gibt auch noch die Kunst.
– Schnell kommt er ja nicht zurück mit seinem Schlitten, sagt Turandot.
– Hat sie sich gut amüsiert? fragt der Admiral und be-

trachtet das Tier, das den Schnabel unter den Flügel gesteckt hat.
– Er wird ne Menge Erinnerungen davon zurückbehalten, sagt Turandot.
Die letzten Touristen haben ihren Platz eingenommen. Sie werden Postkarten schicken (Gebärde).
– Ho ho, schreit Gabriel, adios amigos, tchinn tchinn und bis zum nächsten ...
Und der Bus entfernt sich mit den entzückten Touristen. Noch am gleichen Tag, zur ersten Stunde, werden sie nach Gibraltar zu den alten Festungswällen aufbrechen. Das ist ihre Reiseroute.
Charles' Taxi hält am Bürgersteig.
– Es sind einige Leute zuviel, bemerkt Zazie.
– Das ist ohne Bedeutung, sagt Gabriel, wir werden uns jetzt erst mal ne Zwiebelsuppe in den Wanst hauen.
– Danke, sagt Charles, ich fahr nach Hause.
Ganz trocken.
– Na, Mado, kommst du?
Madeleine steigt ein und setzt sich neben ihren Zukünftigen.
– Auf Wiedersehn, alle zusammen, schreit sie durchs Wagenfenster, und vielen Dank für den schönen ... und vielen Dank für den aus ...
Aber man hört den Rest schon nicht mehr. Das Taxi ist schon weit.
– Wenn wir in Amerika wären, sagt Gabriel, hätten wir ihnen Reis übergeworfen.
– Das hast du wohl in den alten Filmen gesehen, sagt Zazie. Heutzutage heiraten sie weniger oft als zu deiner Zeit. Mir ists am liebsten, wenn sie alle verrecken.
– Mir ist der Reis lieber, sagt die Witwe Mouaque.
– Ihnen hat keiner geläutet, sagt Zazie.
– Mademoiselle, sagt Trouscaillon, Sie sollten etwas höflicher sein zu einer Alten.

– Wie schön er ist, wenn er mich verteidigt, sagt die Witwe Mouaque.
– Auf gehts, sagt Gabriel. Ich führ euch jetzt ins *Nyctalopes*. Dort bin ich am besten bekannt.
Die Witwe Mouaque und Trouscaillon folgen der Bewegung.
– Hast du gesehen, sagt Zazie zu Gabriel, die alte Schachtel und der Bulle fersenkleben uns.
– Wir können sie nicht daran hindern, sagt Gabriel. Sie sind frei.
– Kannst du ihnen nicht Angst machen? Ich will sie nicht mehr sehn.
– Im Leben muß man mehr menschliches Verständnis zeigen, als du es tust.
– Ein Bulle, sagt die Witwe Mouaque, die alles gehört hatte, ist schließlich auch ein Mensch.
– Ich geb auch ne Runde aus, sagt Trouscaillon schüchtern.
– Da, sagt Gabriel, ist nichts zu machen. Heute abend spendiere ich.
– Nur eine kleine Runde, sagt Trouscaillon mit bittender Stimme. Nen Muskateller zum Beispiel. Was in meiner Preislage.
– Verpulvere deine Mitgift nicht, sagt Gabriel, bei mir ists was andres.
– Außerdem, sagt Turandot, wirst du uns überhaupt nichts spendieren. Du vergißt, daß du n Bulle bist. Ich, der ich in der Limonade bin, würde nie nem Bullen was ausschenken, der mit ner ganzen Bande angezottelt kommt, um einen hinter die Binde zu gießen.
– Ihr seid wirklich auf den Kopf gefallen, sagt Gridoux. Erkennt ihr ihn nicht wieder? Das ist doch der Sittenstrolch von heut morgen.
Gabriel beugt sich vor, um ihn näher zu betrachten. Alle, sogar Zazie, weil sie äußerst überrascht und zugleich verschnupft war, warteten auf das Ergebnis der Inspektion.

Trouscaillon, mehr noch als die andern, wahrte ein vorsichtiges Schweigen.

– Was hast du denn mit deinem Schnurrbart gemacht? fragte ihn Gabriel mit friedlicher und zugleich drohender Stimme.

– Sie werden ihm weh tun, sagte die Witwe Mouaque.

Gabriel packt Trouscaillon mit einer Hand am Revers seiner Joppe und trug ihn unter den Schein einer Straßenlaterne, um seine Untersuchung fortzusetzen.

– Ja, sagte er. Und dein Schnurrbart?

– Ich hab ihn zu Hause gelassen, sagte Trouscaillon.

– Und darüber hinaus ist es also wahr, daß du ein Bulle bist?

– Nein, nein, rief Trouscaillon. Das ist nur eine Verkleidung ... nur um mich zu amüsieren ... um euch zu amüsieren ... es ist genau wie mit Ihrem Gazeröckchen ... genau der gleiche Tobak ...

– Sie werden gleich vertobakt, sagte Gridoux inspiriert.

– Aber Sie werden ihm doch nicht weh tun wollen, sagte die Witwe Mouaque.

– Das verlangt Erklärungen, wagte sich Turandot hervor.

– Du quasselst, du quasselst, sagte Laverdure schwach und schlief wieder ein.

Zazie hielt den Schnabel. Von den Ereignissen überfordert und von der Schläfrigkeit übermannt, versuchte sie eine Haltung einzunehmen, die zugleich der Situation und der Würde ihrer Person angemessen war, aber es gelang ihr nicht.

Gabriel stemmte Trouscaillon an der Straßenlaterne hoch, sah ihn sich von neuem an, stellte ihn dann sachte wieder auf die Füße und richtete wie folgt das Wort an ihn:

– Und weshalb läufst du hinter uns her?

– Hinter euch läuft er nicht her, sagte die Witwe Mouaque, er läuft hinter mir her.

– Ganz richtig, sagte Trouscaillon. Sie wissen das vielleicht

nicht . . . aber wenn man mal angebissen hat bei ner Maid . . .
– Soll das (wie niedlich er ist) eine Anspielung (er hat mich) auf mich sein (eine Maid genannt), sagten, synchronisch, Gabriel (und die Witwe Mouaque), der eine voller Wut (die andre voller Glut).
– Arme, dumme Ziege, fuhr Gabriel fort und wandte sich an die Dame, er erzählt Ihnen nicht alles, was er tut.
– Ich hab noch keine Zeit gehabt, sagte Trouscaillon.
– Er ist ein widerlicher Sittenstrolch, sagte Gabriel. Heute morgen ist er hinter der Kleinen hergewesen und hat sie verfolgt bis nach Hause. Schändlicher.
– Hast du das getan? fragte die Witwe außer sich.
– Da hab ich Sie ja noch nicht gekannt, sagte Trouscaillon.
– Er gibt es zu, heulte die Witwe Mouaque.
– Er hat es zugegeben, heulten Turandot und Gridoux.
– Aha, du gibst es also zu, sagte Gabriel mit mächtiger Stimme.
– Verzeihung! schrie Trouscaillon. Verzeihung!
– Der Drecksack, kreischte die Witwe Mouaque.
Diese Schimpfrufe ließen aus dem Schatten zwei aufmrad auftauchen.
– Nächtliche Ruhestörung, schrien die beiden aufmrad, Mondspektakel, schlaffressender Höllenlärm, keifende Medianoche, nein, sowas, was soll denn das, schrien die beiden aufmrad.
Gabriel ließ Trouscaillon diskret am Revers seiner Joppe los.
– Moment mal, rief Trouscaillon und bewies damit den größten Mut, Moment mal, habt ihr mich noch nicht betrachtet? Seht euch genau meine Uniform an. Ich bin ein Polyp, seht her, meine Flügel.
Und er bewegte seinen Umhang.
– Wo kommst du denn her? fragte der aufmrad, der dazu qualifiziert war, den Dialog zu führen. Wir haben dich noch nie in diesem Bezirk gesehen.

– Möglich, antwortete Trouscaillon, von einer Tollkühnheit beseelt, die ein guter Schriftsteller nicht anders als irrsinnig zu bezeichnen vermag. Möglich, aber das schließt doch nicht aus, daß Bulle ich bin, Bulle ich bleib.
– Aber die andern, sagte der aufmrad bauernschlau, die andern (Gebärde), sind das alles Bullen?
– Das nehmen Sie doch wohl nicht im Ernst an. Aber sie sind sanft wie Ysop.
– Die ganze Geschichte kommt mir nicht sehr katholisch vor, sagte der aufmrad, der sprach.
Der andre schnitt nur Gesichter. Furchtbar.
– Ich bin immerhin zur ersten Kommunion gegangen, entgegnete Trouscaillon.
– Aha, das ist eine Reflexion, die wenig nach Bulle riecht, rief der aufmrad, der sprach. Ich wittere in dir den Leser jener aufrührerischen Schriften, die glauben machen wollen, es gäbe eine Allianz des Weihwedels und des weißen Stockes. Nun, so hört (und er wandte sich an die Runde), wir Polizisten, uns stehn die Pfaffen bis dahin (Gebärde).
Diese Mimik wurde, außer von Turandot, der servil lächelte, mit Zurückhaltung aufgenommen. Gabriel zuckte sogar die Achseln.
– Du, sagte der aufmrad zu ihm, der sprach. Du, du stinkst. (Pause). Nach Majoran.
– Nach Majoran, rief Gabriel mitleidig. Das ist Bartuse von Fior.
– Oh! sagte der aufmrad ungläubig. Laß mal sehen.
Er näherte sich, um an Gabriels Jacke zu schnüffeln.
– Tatsächlich, sagte er dann fast überzeugt. Sehen Sie sich das mal an, fügte er an seinen Kollegen gewandt hinzu.
Der andere begann ebenfalls an Gabriels Jacke zu schnüffeln.
Er wackelte mit dem Kopf.
– Aber, sagte der, der reden konnte, ich laß mir nichts vormachen. Er stinkt nach Majoran.

– Ich frag mich nur, was diese Arschlöcher eigentlich davon verstehen, sagte Zazie gähnend.
– Manometer, sagte der aufmrad, der reden konnte, haben Sie das gehört, Untergebener? das grenzt doch an Beleidigung.
– Das grenzt nicht daran, sagte Zazie schlaff, das ist ne handfeste.
Und da Gabriel und Gridoux laut lachten, fügte sie zu ihrem Nutzen und Vergnügen hinzu:
– Das hab ich auch in den Memoiren des Generals Vermot gefunden.
– Ja sowas, sagte der aufmrad. So ne Rotznase, die sich über uns lustig macht, wie der andre mit seinem Majoran.
– Es ist keiner, sagte Gabriel. Ich sag euch noch einmal: Bartuse von Fior.
Die Witwe Mouaque näherte sich nun ebenfalls und schnüffelte.
– Es ist doch, sagte sie zu den beiden aufmrad.
– Ihnen hat keiner geläutet, sagte der, der reden konnte.
– Das stimmt, brummte Zazie. Das hab ich ihr vorhin schon gesagt.
– Man sollte etwas höflicher zu der Dame sein, sagte Trouscaillon.
– Du, sagte der aufmrad, der reden konnte, würdest besser daran tun, die Aufmerksamkeit nicht so sehr auf deine Tomate zu lenken.
– Man sollte es aber doch, sagte Trouscaillon mit einem Mut, der die Witwe Mouaque rührte.
– Würdest du um diese Zeit nicht besser im Bett liegen?
– Ah, ah, sagte Zazie.
– Zeig uns mal deine Papiere, sagte zu Trouscaillon der aufmrad, der reden konnte.
– Na sowas hat doch die Welt noch nicht gesehen, sagte die Witwe Mouaque.

– Du Alte, halt jetzt den Rand, sagte der aufmrad, der nicht reden konnte.
– Ah, ah, sagte Zazie.
– Seien Sie höflich zu der Dame, sagte Trouscaillon, der tollkühn wurde.
– Noch so ein unbullenhaftes Wort, sagte der aufmrad, der reden konnte.
– Deine Papiere, heulte er. Und n bißchen dalli dalli.
– Das wird immer lustiger, sagte Zazie.
– Das ist ja doch n starkes Stück, sagte Trouscaillon. Von mir verlangt man jetzt die Papiere, während diese Leute da (Gebärde), von denen verlangt man nichts.
– Das, sagte Gabriel, ist nicht schick.
– So ein Misthaufen, sagte Gridoux.
Aber die beiden aufmrad besannen sich nicht so einfach eines andern.
– Deine Papiere, heulte der, der reden konnte.
– Deine Papiere, heulte der, der es nicht konnte.
– Nächtliche Ruhestörung, überheulten in diesem Augenblick neue Bullen, die von einer Grünen Minna herbeigeschafft worden waren. Mondspektakel, schlaffressender Höllenlärm, keifende Medianoche, nein sowas, was soll denn . . .
Mit ausgeprägtem Spürsinn witterten sie die Verantwortlichen, und ohne zu zögern, luden sie Trouscaillon und die beiden aufmrad in die Minna ein. Das Ganze verschwand in einem einzigen Augenblick.
– Es gibt doch noch Gerechtigkeit, sagte Gabriel. Die Witwe Mouaque lamentierte.
– Nun heulen Se doch nicht, sagte Gabriel zu ihr. An den Seiten war er n falscher Fuffziger, Ihr Louis. Und außerdem hatten wir die Nase voll von seiner Schnüffelei. Los, kommen Sie schon mit und schlagen Sie sich mit uns ne Zwiebelsuppe in den Bauch. Die Zwiebelsuppe, die einlullt und tröstet.

17

Eine Träne fiel auf einen heißen Semmelbrocken und verflüchtigte sich dort.

– Ja was denn, was denn, sagte Gabriel zu der Witwe Mouaque, kommen Sie doch endlich wieder zu sich. Einer verloren, zehn andre gefunden. Häßlich wie Sie sind, werden Sie bestimmt keine Mühe haben, sich wieder nen Louis einzufangen.

Sie seufzt, sie ist nicht sicher.

Der Semmelbrocken ruscht in den Löffel der Witwe, die ihn sich rauchend in den Ösophagus schnellt. Sie leidet darunter.

– Rufen Sie die Feuerwehr, sagt Gabriel zu ihr.

Und er füllt ihr wieder das Glas. Jeder mouaquische Bissen wird somit von strengem Muskateller begossen.

Zazie hat Laverdure im Schlaf eingeholt. Gridoux und Turandot schlagen sich schweigend mit den Fäden des geriebenen Käses herum.

– Ausgezeichnet, diese Zwiebelsuppe, wie, sagt Gabriel zu ihnen. Schmeckt, als ob du (Gebärde) Schuhsohlen reingeworfen und du (Gebärde) dein Spülwasser hinzugegossen hättest. Aber so hab ich sie gern: das Unverfälschte, das Natürliche. Die Reinheit eben.

Die andern pflichteten ihm kommentarlos bei.

– Na, Zazie, ißt du deine Suppe nicht?

– Laßt sie doch schlafen, sagte die Witwe Mouaque mit gebrochener Stimme. Laßt sie träumen.

Zazie öffnet ein Auge.

– Sieh an, sagte sie, das alte Klafter ist ja immer noch da.

– Man muß mit den Unglücklichen Mitleid haben, sagte Gabriel.

– Wie gut Sie sind, sagte die Witwe Mouaque. Sie sind

nicht wie die (Gebärde). Die Kinder, das ist doch allbekannt: die haben kein Herz.
Sie leerte ihr Glas und machte Gabriel ein Zeichen, daß es ihr lebhafter Wunsch sei, daß er es von neuem fülle.
– Was quasselt sich die nen Blödsinn zurecht, sagte Zazie schwach.
– Pah, sagte Gabriel. Was macht das schon? Nicht wahr, alte Untertasse? wandte er sich an die Hauptbeteiligte.
– Wie gut Sie sind, Sie, sagte diese. Sie sind nicht wie die. Die Kinder, das ist doch allbekannt. Die haben kein Herz.
– Wird sie uns noch lange auf den Wecker gehen? fragte Turandot Gabriel, nachdem es ihm gerade gelungen war, einen Bissen zu verschlucken.
– Seid ihr aber mal hart, sagte Gabriel. Er hat doch Kummer, der alte Scherben.
– Danke, sagte die Witwe hingebungsvoll.
– Bitte, sagte Gabriel. Und um auf die Zwiebelsuppe zurückzukommen, so müßt ihr doch zugeben, daß es wirklich eine ganz hervorragende Erfindung ist.
– Diese hier, fragte Gridoux, der zum Abschluß seiner Speisung energisch den Boden seines Tellers ausschleckte, um dem Schweizerkäse, der noch am Porzellan haftete, eine Bestimmung zu geben, diese hier im besonderen oder die Zwiebelsuppe im allgemeinen?
– Im allgemeinen, antwortete Gabriel entschlossen. Ich spreche immer nur im allgemeinen. Ich kenne keine Halbheiten.
– Du hast recht, sagte Turandot, der ebenfalls mit seinem Pamp fertig geworden war, man darf Mittag nicht um vierzehn Uhr suchen. Beispiel: der Muskateller wird rar, es ist die Alte, die alles pitscht.
– Weil er gar nicht übel ist, sagte die Witwe Mouaque und lächelte glückselig. Ich spreche auch im allgemeinen, wenn ich will.
– Du quasselst, du quasselst, sagte Laverdure, der aus

einem allen und ihm selbst unbekannten Grund aus dem Schlaf aufschreckte, das ist alles, was du kannst.

– Ich hab genug davon, sagte Zazie und stieß ihren Teller weg.

– Warte, sagte Gabriel und zog lebhaft den Teller an sich, ich werde dir das zu Ende essen. Und bringen Sie uns noch zwei Flaschen Muskateller und eine Flasche Grenadine, wandte er sich an den Kellner, der gerade in der Kante rumstreifte. Und ihn (Gebärde), ihn vergißt man wohl. Vielleicht möcht er auch gern was knabbern?

– He, Laverdure, sagte Turandot, hast du Hunger?

– Du quasselst, du quasselst, sagte Laverdure, das ist alles, was du kannst.

– Das, sagte Gridoux, heißt soviel wie ja.

– Du wirst mir doch nicht beibringen wollen, das zu verstehen, was er erzählt, sagte Turandot von oben herab.

– Das würd ich mir nicht erlauben, sagte Gridoux.

– Trotzdem hat ers getan, sagte die Witwe Mouaque.

– Vergiften Sie nicht die Situation, sagte Gabriel.

– Ich, sagte Turandot, kapiere das, was du kapierst, genauso gut wie du, kapierst du? Ich bin nicht blöder als andre.

– Wenn du genauso gut kapierst wie ich, sagte Gridoux, dann bist du ja gar nicht so blöd, wie du aussiehst.

– Was sein Aussehen anbelangt, sagte die Witwe Mouaque, so sieht er ja wirklich so aus.

– Das Weib ist doch dreist, sagte Turandot. Jetzt fängt sie auch noch an, mich zu beleidigen.

– Das kommt davon, wenn man kein Prestige hat, sagte Gridoux. Der dämlichste Idiot spuckt einem dann in die Fresse. Mit mir hätte sie sich das nicht erlauben dürfen.

– Alle Leute sind Arschlöcher, sagte die Witwe Mouaque mit plötzlicher Energie. Und Sie mit einbegriffen, fügte sie an Gridoux gewandt hinzu.

Sie erhielt auf der Stelle eine kräftige Maulschelle.

Sie gab sie nicht weniger schnell zurück.

Aber Gridoux hatte noch eine andre in Reserve, die auf dem mouaquischen Gesicht niederklatschte.
– Verflucht und zugenäht, heulte Turandot.
Und er begann zwischen den Tischen rumzuhüpfen, wobei er versuchte, Gabriellas Nummer vom *Sterbenden Schwan* nachzuahmen.
Zazie schlief wieder ein. Laverdure versuchte, zweifellos aus Rache, ein frisches Exkrement aus seinem Käfig zu schnellen.
Indessen gingen die Ohrfeigen zwischen Gridoux und der Witwe Mouaque lustig hin und her, und Gabriel lachte lauthals, als er sah, wie Turandot das Bein zu schwingen versuchte.
Aber dieser Zauber war gar nicht nach dem Geschmack der Serviettenschwenker des *Nyctalopes.* Zwei von ihnen, die in dieser Art Arbeit spezialisiert waren, packten Turandot plötzlich an den Armen, rahmten ihn lustig ein und hatten es bald fertiggebracht, ihn nach draußen zu bringen, um ihn auf den Asphalt des Fahrdamms zu werfen und somit das Marodieren einiger mürrischer Taxis in der gräulichen und erfrischten Luft des ganz frühen Morgens zu unterbrechen.
– Also das, sagte Gabriel. Also das: nein!
Er stand auf, griff sich die beiden Serviettenschwenker, die zufrieden zu ihrer Arbeit im Haushalt zurückkehren wollten, und schlug ihnen mit solcher Wucht und auf so schöne Art und Weise die Kübel gegeneinander, daß die beiden Stutzer aufgelöst zusammenbrachen.
– Bravo, rufen Gridoux und die Witwe Mouaque im Chor.
Sie hatten ihre Korrespondenz, die sie miteinander geführt hatten, in gemeinsamer Übereinstimmung unterbrochen.
Ein dritter Serviettenschwenker, der sich in Schlägereien auskannte, wollte einen Blitzsieg davontragen. Er nahm einen Siphon in die Hand und trug sich mit der Absicht, seine Masse am Schädel Gabriels zum Tönen zu bringen.

Aber Gridoux hatte den Gegenangriff vorausgesehen. Ein anderer, nicht minder kompakter Siphon, von ihm sorgfältig weggeschleudert, verursachte am Ende seiner Flugbahn einige Schäden am Kopf des Arglistigen.
– Verflucht und zugenäht, heult Turandot, der auf Kosten der Bremsen einiger ganz besonders morgendlich nächtlicher Karren sein Gleichgewicht auf dem Fahrdamm wiedergefunden hat, drang von neuem in die Kneipe ein und bekundete ein stolzes Verlangen nach Kampf.
Es waren jetzt ganze Herden von Serviettenschwenkern, die von allen Seiten auftauchten. Man hätte nie geglaubt, daß es so viele davon geben kann. Sie kamen aus den Küchen, aus den Kellern, aus den Büros, aus den Kammern. Ihre dichte Masse verschlang Gridoux regelrecht, und dann auch Turandot, der sich zwischen sie verirrt hatte. Aber es gelang ihnen nicht so leicht, Gabriel kleinzukriegen. Gleich der Koleoptere, die von einer myrimidonischen Kolonne angegriffen wird, gleich dem Ochsen, den ein Schwarm Blutegel überfällt, schüttelte sich Gabriel, schnaubte, schlug um sich und warf in die verschiedensten Richtungen menschliche Wurfgeschosse, die die Tische und Stühle zerbrachen oder den Gästen zwischen die Füße rollten.
Der Lärm dieser Kontroverse machte Zazie schließlich wach. Als sie ihren Onkel in den Krallen dieser Limonadenmeute sah, heulte sie: Mut, Onkel, bemächtigte sich einer Karaffe und warf sie blindlings in den Haufen. So groß und gewaltig ist der militärische Geist bei den Töchtern Frankreichs. Diesem Beispiel folgend, verstreute die Witwe Mouaque wahllos Aschenbecher um sich. So viel vermag der Nachahmungstrieb auch bei den Minderbegabten zu bewirken. Man hörte darauf einen beachtlichen Spektakel: Gabriel war ins Geschirr gefallen und hatte sieben entfesselte Serviettenschwenker, fünf Gäste, die Partei ergriffen hatten, und einen Epileptiker mit sich in die Scherben gezogen.

In einer Bewegung aufstehend, näherten sich Zazie und die Witwe Mouaque dem menschlichen Magma, das im Sägemehl und im Porzellan herumzappelte. Einige wohlgezielte Schläge mit dem Siphon schlossen einige Personen mit zerbrechlichem Schädel vom Wettbewerb aus. Daraufhin konnte Gabriel aufstehen, den von seinen Gegnern gebildeten Vorhang gewissermaßen zerreißen und die versunkene Gegenwart Gridoux' und Turandots, die am Boden niedergestreckt waren, wiederauferstehen lassen. Einige Selterswasserstrahlen, die vom weiblichen und krankenpflegerischen Element auf ihre Riecher gerichtet wurden, brachten sie wieder in Form. Von nun an war der Ausgang des Kampfes nicht mehr zweifelhaft.

Während die lauen oder gleichgültigen Gäste sich heimlich davonmachten, wurden die Hartnäckigen und die Serviettenschwenker, am Ende ihrer Kräfte angelangt, unter der erbitterten Faust Gabriels, der eisenharten Manschette Gridoux' und dem virulenten Fuß Turandots ganz kleinlaut. Als sie dann nur noch Kleinholz waren, schafften Zazie und die Witwe Mouaque sie von der Oberfläche des Lokals fort und schleppten sie auf den Bürgersteig hinaus, wo wohlwollende Amateure sie aus reiner Herzensgüte zu Haufen aufstapelten. Nur Laverdure hatte an der Hekatombe nicht teilgenommen, da er gleich zu Anfang der Schlägerei von dem Fragment einer Suppenschüssel schmerzhaft am Damm getroffen worden war. Er lag in seinem Käfig und murmelte seufzend: charmanter Abend, charmanter Abend; traumatisiert, hatte er eine andere Platte aufgelegt.

Aber auch ohne seine Mithilfe war der Sieg bald total.

Nachdem der letzte Antagonist eliminiert war, rieb sich Gabriel zufrieden die Hände und sagte:

– Jetzt würde ich mir gern einen Milchkaffee hinter die Binde gießen.

– Guter Gedanke, sagte Turandot, der hinters Büfett ging,

während die andern vier sich mit dem Ellbogen draufstützten.

– Und Laverdure?

Turandot ging auf die Suche nach dem Tier und fand es immer noch fluchend. Er nahm es aus dem Käfig, begann es zu streicheln und nannte es sein kleines grünes Hühnchen. Laverdure, aufgeheitert, antwortete ihm:

– Du quasselst, du quasselst, das ist alles, was du kannst.

– Das ist wahr, sagte Gabriel. Und der Milchkaffee?

Beruhigt setzte Turandot den Papagei wieder in den Käfig und näherte sich den Maschinen. Er versuchte die Maschinen in Betrieb zu setzen, da er jedoch ein anderes Modell hatte, verbrannte er sich als erstes eine Hand:

– Auuuuuu, sagte er in aller Einfachheit.

– Verfluchter Tölpel, sagte Gridoux.

– Armer Kater, sagte die Witwe Mouaque.

– Scheiße, sagte Turandot.

– Für mich, sagte Gabriel, den Milchkaffee: sehr weiß.

– Und für mich, sagte Zazie: mit Haut drauf.

– Aaaaaah, antwortete Turandot, dem gerade ein Dampfstrahl mitten in die Visage gezischt war.

– Es wäre wohl besser, wenn wir jemanden aus dem Lokal darum bitten würden, sagte Gabriel friedlich.

– Sehr richtig, sagte Gridoux, ich werde einen holen gehen.

Er suchte sich aus dem Haufen den am wenigsten Verbeulten heraus. Den er herbeischleppte.

– Du warst einfach toll, weißt du, sagte Zazie zu Gabriel. Hormosechsuelle von deiner Sorte gibts bestimmt nicht allzu viele.

– Und wie wünscht das Fräulein seinen Milchkaffee? fragte der wieder zur Raison gebrachte Serviettenschwenker.

– Mit ner dicken Haut drauf, sagte Zazie.

– Warum bezeichnest du mich immer noch als Hormosechsuellen? fragte Gabriel ruhig. Nachdem du jetzt das Pfandhaus gesehen hast, müßtest du doch Bescheid wissen.

– Ob hormosechsuell oder nicht, sagte Zazie, auf jeden Fall bist du ganz groß gewesen.

– Na ja, sagte Gabriel, ich konnte halt das Gehabe dieser Burschen nicht vertragen (Gebärde).

– Oh, Monsieur, sagte der angetippte Serviettenschwenker, wir bedauern das sehr, bestimmt.

– Die hatten mich nämlich beleidigt, sagte Gabriel.

– Da, Monsieur, sagte der Serviettenschwenker, irren Sie sich aber.

– Doch doch, sagte Gabriel.

– Nimm dirs nicht zu Herzen, sagte Gridoux zu ihm. Man wird immer von irgendwem beleidigt.

– Das ist n tiefer Gedanke, sagte Turandot.

– Und jetzt, fragte Gridoux Gabriel, was gedenkst du jetzt zu tun?

– Nun, diesen Milchkaffee zu trinken.

– Und dann?

– Schnell nach Hause zu gehen und die Kleine zum Bahnhof zu bringen.

– Hast du mal rausgesehen?

– Nein.

– Na, dann geh mal gucken.

Gabriel tat es.

– Natürlich, sagte er, als er zurückkam.

Zwei Panzerdivisionen Nachtwächter und eine Schwadron Gebirgsreiter hatten in der Tat um die Place Pigalle herum Stellung bezogen.

18

– Ich müßte vielleicht Marceline anrufen, sagte Gabriel.
Die andern tranken schweigend ihren Milchkaffee weiter.
– Das wird ne schöne Scheiße werden, sagte der Serviettenschwenker mit halblauter Stimme.
– Ihnen hat keiner geläutet, entgegnete die Witwe Mouaque.
– Ich werde dich gleich dorthin zurückbringen, wo ich dich geholt habe, sagte Gridoux.
– Ist ja schon gut, sagte der Serviettenschwenker, man darf sich nicht mal mehr nen Spaß erlauben.
Gabriel kam zurück.
– Das ist lustig, sagte er. Sie antwortet nicht.
Er wollte seinen Milchkaffee trinken.
– Scheiße, fügte er hinzu, er ist kalt.
Und er stellte ihn angewidert aufs Büfett zurück.
Gridoux ging mal nachsehen.
– Sie nähern sich, verkündete er.
Die andern verließen das Büfett und gruppierten sich um ihn herum, außer dem Serviettenschwenker, der sich unter der Kasse verdrückte.
– Sie sehen gar nicht zufrieden aus, bemerkte Gabriel.
– Ist das mal hübsch, murmelte Zazie.
– Ich hoffe, daß Laverdure keine Unannehmlichkeiten haben wird, sagte Turandot. Er hat doch nichts getan.
– Und ich? sagte die Witwe Mouaque. Was hab ich denn getan?
– Sie werden bald zu Ihrem Trouscaillon wandern, sagte Gridoux und zuckte die Achseln.
– Aber da ist er ja! rief sie.
Über den Haufen der Zusammengeschlagenen steigend, die vor dem Eingang des *Nyctalopes* eine Art Barrikade bil-

deten, ließ die Witwe Mouaque die Absicht erkennen, sich den Angreifern, die langsam und präzise vorgingen, entgegenzustürzen. Eine gute Handvoll Kugeln aus einer Maschinenpistole setzte diesem Versuch ein jähes Ende. Ihre Eingeweide in den Händen haltend, brach die Witwe Mouaque zusammen.

– Das ist dumm, murmelte sie. Wo ich doch meine Pension hatte.

Und sie stirbt.

– Das wird ins Auge gehen, bemerkte Turandot. Hoffentlich bekommt Laverdure nichts ab.

Zazie war in Ohnmacht gefallen.

– Sie könnten ja doch etwas aufpassen, sagte Gabriel zornig. Es sind immerhin Kinder da.

– Du wirst ihnen gleich deinen Standpunkt klarmachen können, sagte Gridoux. Da sind sie.

Stark bewaffnet, standen diese Herren jetzt ganz einfach auf der andern Seite der Scheiben, die einen um so schwächeren Schutz boten, als sie zum größten Teil während der vorausgegangenen Schlägerei zum Teufel gegangen waren. Stark bewaffnet, stellten sich diese Herren mitten auf dem Bürgersteige in Schlachtordnung auf. Eine Person, die Musspritze am Arm, löste sich aus der Gruppe, und über den Leichnam der Witwe Mouaque hinwegsteigend, trat sie in die Brasserie ein.

– Sieh mal an, machten Gabriel, Turandot, Gridoux und Laverdure im Chor.

Zazie war immer noch ohnmächtig.

– Ja, sagte der Mann mit der (neuen) Musspritze, ich bins, Harun Alraschid. Ich bin ich, der, den ihr gekannt und manchmal schlecht wiedererkannt habt. Fürst dieser Welt und mehrerer angrenzender Territorien, gefällt es mir, mein Reich unter verschiedenen Erscheinungen zu durchwandern und mir dabei den Anschein der Ungewißheit und des Irrtums zu geben, die mir übrigens eigen sind.

Gehaltloser Urpolizist, nachtnautischer Taugenichts und unentschlossener Verfolger der Witwen und Waisen, gestatten mir diese flüchtigen Bilder, die geringfügigen Gefahren des Lächerlichen, der Flause und der sentimentalen Effusion (edle Gebärde in Richtung auf die verschiedene Witwe Mouaque) furchtlos auf mich zu nehmen. Kaum für verschwunden erklärt von euren seichten Bewußtseins, erscheine ich wieder als Triumphator, und sogar ohne jegliche Bescheidenheit. Seht her! (Neue, nicht weniger edle Gebärde, diesmal jedoch die Gesamtheit der Situation erfassend).

– Du quasselst, du quasselst, sagt Laverdure, das ist . . .

– Das ist auch so einer, der mir gut für die Bratpfanne scheint, sagt Trouscaillon, Verzeihung: Harun Alscharid.

– Niemals, ruft Turandot und drückt den Käfig fest an sein Herz. Eher zugrunde gehen.

Bei diesen Worten beginnt er in den Boden zu versinken, ebenso wie auch Gabriel, Zazie und Gridoux. Der Aufzug bringt das Ganze in den Keller des *Nyctalopes*. Der Manipulant des Aufzugs, der im Dunkeln steht, sagt ihnen sanft, aber nachdrücklich, ihm zu folgen und sich zu sputen. Er bewegte eine Taschenlampe hin und her, Erkennungszeichen und zugleich Zeichen für die Güte der Batterie, die sie speiste. Während im Erdgeschoß diese stark bewaffneten Herren sich in der Aufregung Maschinengewehrsalven in die Beine schossen, folgte die kleine Gruppe dem ausdrücklichen Befehl und dem oben genannten Licht und bewegte sich mit bemerkenswerter Geschwindigkeit zwischen den mit Muskadine- und Grenatellerflaschen vollgestopften Regalen fort. Gabriel trug die immer noch ohnmächtige Zazie, Turandot den immer noch übelgelaunten Laverdure, und Gridoux trug nichts.

Sie gingen eine Treppe hinunter, schritten über die Schwelle einer kleinen Tür und befanden sich in einem Kanal. Nach einigen Schritten überschritten sie die Schwelle einer anderen kleinen Tür und standen in einem Gang aus glasierten Backsteinen, der noch dunkel und menschenleer war.

– Wenn wir uns jetzt nicht greifen lassen wollen, sagte der Lampenträger sanft, muß jeder in eine andere Richtung verschwinden. Du, meinte er zu Turandot gewandt, wirst wohl einige Mühe haben mit deinem Vogel.

– Ich werd ihn schwarz anstreichen, sagte Turandot mit düsterer Miene.

– Diese ganze Geschichte, sagte Gabriel, ist wirklich nicht lustig.

– Verflixter Gabriel, sagte Gridoux, immer ein Scherzwort auf den Lippen.

– Ich, sagte der Lampenträger, bring die Kleine weg. Du bist nämlich auch n bißchen auffällig sichtbar, Gabriel. Und außerdem hab ich ihr Köfferchen bei mir. Aber ich werde wohl einiges vergessen haben. Ich hab schnell gemacht.

– Erzähl mir das.

– Dazu ist jetzt nicht die Zeit.

Die Lampen gingen an.

– Endlich, sagte der andere sanft. Die Metro fährt wieder. Du, Gridoux, nimmst die Richtung Etoile, und du, Turandot, die Richtung Bastille.

– Und wir sollen also sehen, wie wir zurechtkommen? sagte Turandot.

– Da du keine Schuhwichse zur Hand hast, sagte Gabriel, wirste dir schon was einfallen lassen müssen.

– Und wenn ich mich in den Käfig setzen würde, sagte Turandot, und Laverdure würde mich tragen?

– Das ist ein Gedanke.

– Ich, sagte Gridoux, geh nach Hause. Die Schuhmacherei ist zum Glück eine der Grundlagen der Gesellschaft. Und worin unterscheidet sich ein Schuhmacher vom andern Schuhmacher?

– Das ist ganz klar.

– Na denn, auf Wiedersehn, Jungens, sagte Gridoux.
Und er entfernte sich in Richtung Etoile.
– Na denn, auf Wiedersehn, Jungens, sagte Laverdure.
– Du quasselst, du quasselst, sagte Turandot, das ist alles, was du kannst.
Und sie flogen in Richtung Bastille davon.

19

Jeanne Lalochère wurde plötzlich wach. Sie sah auf ihre Armbanduhr, die auf dem Nachttischchen lag; es war sechs Uhr vorbei.

– Ich darf nicht bummeln.

Sie verweilte aber doch noch einige Augenblicke, um ihren Scheich zu betrachten, der nackt dalag und schnarchte. Sie betrachtete seine ganze Gestalt, dann die Einzelheiten, wobei sie den Gegenstand, der sie einen Tag und zwei Nächte lang so sehr beschäftigt hatte und der jetzt mehr einem gesunden Säugling nach dem Stillen glich als einem saftigen Grenadier, hauptsächlich voller Überdruß und Erschöpfung ansah.

– Und dabei ist er noch so blöde.

Sie zog sich schnell an, warf verschiedene Gegenstände in ihre Handtasche und panierte sich das Gesicht.

– Ich darf nicht zu spät kommen. Wenn ich das Mädchen wiederbekommen will. Wie ich Gabriel kenne. Sie werden bestimmt pünktlich sein. Falls ihnen nichts zugestoßen ist.

Sie preßte ihren Lippenstift ans Herz.

– Hoffentlich ist ihnen nichts passiert.

Jetzt war sie fertig. Sie sah ihren Scheich noch einmal an.

– Wenn er zu mir kommt. Wenn er nicht lockerläßt. Ich werde vielleicht nicht nein sagen. Aber ich werde nicht mehr hinter ihm herlaufen.

Sie schloß sachte die Tür hinter sich. Der Hotelier rief ihr ein Taxi, und um halb war sie am Bahnhof. Sie belegte zwei Fensterplätze und ging wieder auf den Bahnsteig. Kurz darauf kam Zazie in Begleitung eines Kerls, der ihr Köfferchen trug.

– Sieh an, sagte Jeanne Lalochère. Marcel.

– Wie Sie sehen.

– Aber sie schläft ja im Gehn.
– Wir haben n bißchen gefeiert. Sie müssen schon entschuldign. Und mich auch, müssen mich entschuldign, wenn ich mich jetzt verziehe.
– Ich verstehe. Aber Gabriel?
– Nicht gerade glänzend. Ich verdufte jetzt. Wiedersehn, Kleine.
– Auf Wiedersehn, Monsieur, sagte Zazie ganz abwesend.
Jeanne Lalochère stieg ins Abteil mit ihr.
– Na, hast du dich gut amüsiert?
– Es geht so.
– Hast du die Metro gesehen?
– Nein.
– Was hast du denn getan?
– Ich bin älter geworden.

Bibliothek Suhrkamp

Verzeichnis der letzten Nummern

737 Leonora Carrington, Unten
738 August Strindberg, Der Todestanz
739 Hans Erich Nossack, Das Testament des Lucius Eurinus
741 Miguel Angel Asturias, Der Böse Schächer
742 Lucebert, Die Silbenuhr
743 Marie Luise Kaschnitz, Ferngespräche
744 Emmanuel Bove, Meine Freunde
745 Odysseas Elytis, Lieder der Liebe
746 Boris Pilnjak, Das nackte Jahr
747 Hermann Hesse, Krisis
748 Pandelis Prevelakis, Chronik einer Stadt
749 André Gide, Isabelle
750 Guido Morselli, Rom ohne Papst
752 Luigi Malerba, Die Entdeckung des Alphabets
753 Jean Giraudoux, Siegfried oder Die zwei Leben des Jacques Forestier
754 Reinhold Schneider, Die Silberne Ampel
755 Max Mell, Barbara Naderer
756 Natalja Baranskaja, Ein Kleid für Frau Puschkin
757 Paul Valéry, Die junge Parze
758 Franz Hessel, Heimliches Berlin
759 Bruno Frank, Politische Novelle
760 Zofia Romanowiczowa, Der Zug durchs Rote Meer
761 Giovanni Verga, Die Malavoglia
762 Roland Barthes, Am Nullpunkt der Literatur
763 Ernst Weiß, Die Galeere
764 Machado de Assis, Quincas Borba
765 Carlos Drummond de Andrade, Gedichte
766 Edmond Jabès, Es nimmt seinen Lauf
767 Thomas Bernhard, Am Ziel
768 Ödön von Horváth, Mord in der Mohrengasse / Revolte auf Côte 3018
769 Thomas Bernhard, Ave Vergil
770 Thomas Bernhard, Der Stimmenimitator
771 Albert Camus, Die Pest
772 Norbert Elias, Über die Einsamkeit der Sterbenden in unseren Tagen
773 Peter Handke, Die Stunde der wahren Empfindung
774 Francis Ponge, Das Notizbuch vom Kiefernwald / La Mounine
775 João Guimarães Rosa, Doralda, die weiße Lilie
776 Hermann Hesse, Unterm Rad
777 Lu Xun, Die wahre Geschichte des Ah Q

778 H. P. Lovecraft, Der Schatten aus der Zeit
779 Ernst Penzoldt, Die Leute aus der Mohrenapotheke
780 Georges Perec, W oder die Kindheitserinnerung
781 Clarice Lispector, Die Nachahmung der Rose
782 Natalia Ginzburg, Die Stimmen des Abends
783 Victor Segalen, René Leys
785 Uwe Johnson, Skizze eines Verunglückten
786 Nicolás Guillén, Ausgewählte Gedichte
787 Alain Robbe-Grillet, Djinn
788 Thomas Bernhard, Wittgensteins Neffe
789 Vladimir Nabokov, Professor Pnin
790 Jorge Luis Borges, Ausgewählte Essays
791 Rainer Maria Rilke, Das Florenzer Tagebuch
792 Emmanuel Bove, Armand
793 Bohumil Hrabal, Bambini di Praga
794 Ingeborg Bachmann, Der Fall Franza/Requiem für Fanny Goldmann
795 Stig Dagerman, Gebranntes Kind
796 Generation von 27, Gedichte
797 Peter Weiss, Fluchtpunkt
798 Pierre Loti, Aziyadeh
799 E. M. Cioran, Gevierteilt
800 Samuel Beckett, Gesellschaft
801 Ossip Mandelstam, Die Reise nach Armenien
802 René Daumal, Der Analog
803 Friedrich Dürrenmatt, Monstervortrag
804 Alberto Savinio, Unsere Seele / Signor Münster
805 Henry de Montherlant, Die Junggesellen über Gerechtigkeit und Recht
806 Ricarda Huch, Lebenslauf des Heiligen Wonnebald Pück
807 Samuel Beckett, Drei Gelegenheitsstücke
808 Juan Carlos Onetti, So traurig wie sie
809 Heinrich Böll, Wo warst du, Adam?
810 Guido Ceronetti, Das Schweigen des Körpers
811 Katherine Mansfield, Meistererzählungen
812 Hans Mayer, Ein Denkmal für Johannes Brahms
813 Ogai Mori, Vita sexualis
814 Benito Pérez Galdós, Miau
815 Gertrud Kolmar, Gedichte
816 Rosario Castellanos, Die neun Wächter
817 Bohumil Hrabal, Schöntrauer
818 Thomas Bernhard, Der Schein trügt
819 Martin Walser, Ein fliehendes Pferd
820 Gustav Januš, Gedichte
821 Bernard von Brentano, Die ewigen Gefühle
822 Franz Hessel, Der Kramladen des Glücks

823 Salvatore Satta, Der Tag des Gerichts
824 Marie Luise Kaschnitz, Liebe beginnt
825 John Steinbeck, Die Perle
826 Clarice Lispector, Der Apfel im Dunkel
827 Bohumil Hrabal, Harlekins Millionen
828 Hans-Georg Gadamer, Lob der Theorie
829 Manuel Rojas, Der Sohn des Diebes
830 Jacques Stéphen Alexis, Der verzauberte Leutnant
831 Gershom Scholem, Judaica 4
832 Elio Vittorini, Erica und ihre Geschwister
833 Oscar Wilde, De Profundis
834 Peter Handke, Wunschloses Unglück
835 Ossip Mandelstam, Schwarzerde
836 Mircea Eliade, Dayan / Im Schatten einer Lilie
837 Angus Wilson, Späte Entdeckungen
838 Robert Walser, Seeland
839 Hermann Hesse, Sinclairs Notizbuch
840 Luigi Malerba, Tagebuch eines Träumers
841 Ivan Bunin, Mitjas Liebe
842 Jürgen Becker, Erzählen bis Ostende
843 Odysseas Elytis, Neue Gedichte
844 Robert Walser, Die Gedichte
845 Paul Nizon, Das Jahr der Liebe
846 Félix Vallotton, Das mörderische Leben
847 Clarice Lispector, Nahe dem wilden Herzen
849 Ludwig Hohl, Daß fast alles anders ist
850 Jorge Amado, Die Abenteuer des Kapitäns Vasco Moscoso
851 Hermann Lenz, Der Letzte
852 Marie Luise Kaschnitz, Elissa
853 Jorge Amado, Die drei Tode des Jochen Wasserbrüller
854 Rudyard Kipling, Das Dschungelbuch
855 Alexander Moritz Frey, Solneman der Unsichtbare
856 Kobo Abe, Die Frau in den Dünen
857 Thomas Bernhard, Beton
858 Felisberto Hernández, Die Hortensien
860 Jurij Trifonow, Zeit und Ort
861 Shen Congwen, Die Grenzstadt
862 Ogai Mori, Die Wildgans
863 Karl Krolow, Im Gehen
865 Gertrud von le Fort, Die Tochter Farinatas
866 Joachim Maass, Die unwiederbringliche Zeit
867 Stanisław Lem, Die Geschichte von den drei geschichten-erzählenden Maschinen des Königs Genius
868 Peter Huchel, Margarethe Minde
869 Hermann Hesse, Steppenwolf mit 15 Aquarellen von Gunter Böhmer
870 Thomas Bernhard, Der Theatermacher

871 Hans Magnus Enzensberger, Der Menschenfreund
872 Emmanuel Bove, Bécon-les-Bruyères
873 Max Frisch, Biografie: Ein Spiel, Neue Fassung 1984
874 Anderson/Stein, Briefwechsel
875 Rafael Sánchez Ferlosio, Abenteuer und Wanderungen des Alfanhui
876 Walter Benjamin, Sonette
877 Franz Hessel, Pariser Romanze
878 Danilo Kiš, Garten, Asche
879 Hugo von Hofmannsthal, Lucidor
880 Adolf Muschg, Leib und Leben
881 Horacio Quiroga, Geschichten von Liebe, Irrsinn und Tod
882 Max Frisch, Blaubart
883 Mircea Eliade, Nächte in Serampore
884 Clarice Lispector, Die Sternstunde
885 Konrad Weiß, Die Löwin
886 Tania Blixen, Moderne Ehe
887 Jean Grenier, Die Inseln
888 Thomas Bernhard, Ritter, Dene, Voss
889 Max Jacob, Höllenvisionen
890 Rudyard Kipling, Kim
891 Peter Huchel, Die neunte Stunde
892 Scholem-Alejchem, Schir-ha-Schirim
893 Ferreira Gullar, Schmutziges Gedicht
894 Martin, Kessel, Die Schwester des Don Quijote
895 Raymund Queneau, Mein Freund Pierrot
898 E. M. Cioran, Widersprüchliche Konturen
899 Thomas Bernhard, Der Untergeher
900 Martin Walser, Gesammelte Geschichten
901 Leonora Carrington, Das Hörrohr
902 Henri Michaux, Ein gewisser Plum
903 Walker Percy, Der Kinogeher
904 Julien Gracq, Die engen Wasser
906 Richard Weiner, Spiel im Ernst
907 Gertrude Stein, Jedermanns Autobiographie
909 Marie Luise Kaschnitz, Menschen und Dinge 1945
910 Thomas Bernhard, Einfach kompliziert
911 Alexander Kluge, Lebensläufe
912 Michel Butor, Bildnis des Künstlers als junger Affe
914 Wolfgang Koeppen, Der Tod in Rom
915 Catherine Colomb, Das Spiel der Erinnerung
916 Bohumil Hrabal, Sanfte Barbaren
917 Tania Blixen, Ehrengard
918 Bernard Shaw, Frau Warrens Beruf
919 Mercè Rodoreda, Der Fluß und das Boot
920 Adolf Muschg, Dreizehn Briefe Mijnheers
922 Anatolij Kim, Der Lotos

923 Friederike Mayröcker, Reise durch die Nacht
924 Stig Dagerman, Deutscher Herbst
926 Wolfgang Koeppen, Tauben im Gras/Das Treibhaus/
Der Tod in Rom
927 Thomas Bernhard, Holzfällen
928 Danilo Kiš, Ein Grabmal für Boris Dawidowitsch
929 Janet Frame, Auf dem Maniototo
930 Peter Handke, Gedicht an die Dauer
931 Alain Robbe-Grillet, Der Augenzeuge
933 Paul Celan, Gedichte 1938-1944
934 Leonid Leonow, Evgenia Ivanovna
935 Marguerite Duras, Liebe
936 Hans Erich Nossack, Das Mal und andere Erzählungen
937 Raymond Queneau, Die Haut der Träume – »Fern von Rueil«
939 Franz Hessel, Alter Mann
940 Bernard Shaw, Candida
941 Marina Zwetajewa, Mutter und die Musik
942 Jürg Federspiel, Die Ballade von der Typhoid Mary
943 August Strindberg, Der romantische Küster auf Rånö
945 Hans Mayer, Versuche über Schiller
946 Martin Walser, Meßmers Gedanken
947 Ödön von Horváth, Jugend ohne Gott
948 E. M. Cioran, Der zersplitterte Fluch
949 Alain, Das Glück ist hochherzig
950 Thomas Pynchon, Die Versteigerung von No. 49
951 Raymond Queneau, Heiliger Bimbam
952 Hermann Ungar, Die Verstümmelten
953 Marina Zwetajewa, Auf eigenen Wegen
954 Maurice Blanchot, Thomas der Dunkle
955 Thomas Bernhard, Watten
956 Eça de Queiroz, Der Mandarin
957 Norman Malcolm, Erinnerungen an Wittgenstein
958 André Gide, Aufzeichnungen über Chopin
959 Wolfgang Hoffmann-Zampis, Erzählung aus den Türkenkriegen
961 August Scholtis, Jas der Flieger
962 Giorgos Seferis, Poesie
963 Andrzej Kuśniewicz, Lektion in einer toten Sprache
964 Thomas Bernhard, Elisabeth II.
965 Hans Blumenberg, Die Sorge geht über den Fluß
966 Walter Benjamin, Berliner Kindheit, Neue Fassung
967 Marguerite Duras, Der Liebhaber
968 Ernst Barlach, Der gestohlene Mond
970 Christine Lavant, Gedichte
971 Catherine Colomb, Tagundnachtgleiche
972 Robert Walser, Der Räuber
974 Jan Józef Szczepański, Ikarus
976 Juan Carlos Onetti, Grab einer Namenlosen

Bibliothek Suhrkamp

Alphabetisches Verzeichnis

Abe: Die Frau in den Dünen 856
Adorno: Mahler 61
– Minima Moralia 236
Aitmatow: Dshamilja 315
Alain: Das Glück ist hochherzig 949
– Die Pflicht glücklich zu sein 470
Alain-Fournier: Der große Meaulnes 142
– Jugendbildnis 23
Alberti: Zu Lande zu Wasser 60
Alexis: Der verzauberte Leutnant 830
Amado: Die Abenteuer des Kapitäns Vasco Moscoso 850
– Die drei Tode des Jochen Wasserbrüller 853
Anderson/Stein: Briefwechsel 874
Apollinaire: Bestiarium 607
Aragon: Libertinage, die Ausschweifung 629
Asturias: Der Böse Schächer 741
– Der Spiegel der Lida Sal 720
– Legenden aus Guatemala 358
Bachmann: Der Fall Franza/ Requiem für Fanny Goldmann 794
Ball: Zur Kritik der deutschen Intelligenz 690
Bang: Das weiße Haus 586
– Das graue Haus 587
Baranskaja: Ein Kleid für Frau Puschkin 756
Barlach, Der gestohlene Mond 968
Barnes: Antiphon 241
– Nachtgewächs 293
Baroja: Shanti Andía, der Ruhelose 326
Barthelme: Komm wieder Dr. Caligari 628
Barthes: Am Nullpunkt der Literatur 762
– Die Lust am Text 378
Baudelaire: Gedichte 257
Becher: Gedichte 453
Becker, Jürgen: Erzählen bis Ostende 842
Becker, Jurek: Jakob der Lügner 510
Beckett: Der Verwaiser 303
– Drei Gelegenheitsstücke 807
– Erste Liebe 277
– Erzählungen 82
– Gesellschaft 800
– Residua 254
Belyj: Petersburg 501
Benjamin: Berliner Chronik 251
– Berliner Kindheit 966
– Denkbilder 407
– Einbahnstraße 27
– Sonette 876
– Über Literatur 232
Bernhard: Amras 489
– Am Ziel 767
– Ave Vergil 769
– Beton 857
– Der Ignorant und der Wahnsinnige 317
– Der Präsident 440
– Der Schein trügt 818
– Der Stimmenimitator 770
– Der Theatermacher 870
– Der Untergeher 899
– Der Weltverbesserer 646
– Die Jagdgesellschaft 376
– Die Macht der Gewohnheit 415
– Einfach kompliziert 910
– Elisabeth II. 964
– Holzfällen 927
– Ja 600
– Midland in Stilfs 272
– Ritter, Dene, Voss 888

– Über allen Gipfeln ist Ruh 728
– Verstörung 229
– Watten 955
– Wittgensteins Neffe 788
Blanchot: Warten Vergessen 139
– Thomas der Dunkle 954
Blixen: Ehrengard 917
– Moderne Ehe 886
Bloch: Erbschaft dieser Zeit 388
– Die Kunst, Schiller zu sprechen 234
– Spuren. Erweiterte Ausgabe 54
– Thomas Münzer 77
– Verfremdungen 2 120
Blumenberg, Die Sorge geht über den Fluß 965
Böll: Wo warst du, Adam? 809
Borchers: Gedichte 509
Borges: Ausgewählte Essays 790
Bove: Armand 792
– Bécon-les-Bruyères 872
– Meine Freunde 744
Braun: Unvollendete Geschichte 648
Brecht: Die Bibel 256
– Flüchtlingsgespräche 63
– Gedichte und Lieder 33
– Geschichten 81
– Hauspostille 4
– Mutter Courage und ihre Kinder 710
– Schriften zum Theater 41
– Svendborger Gedichte 335
Brentano: Die ewigen Gefühle 821
Breton: L'Amour fou 435
– Nadja 406
Broch: Esch oder die Anarchie 157
– Huguenau oder die Sachlichkeit 187
– Die Erzählung der Magd Zerline 204
– Pasenow oder die Romantik 92
Brudziński: Die Rote Katz 266
Bunin: Mitjas Liebe 841
Butor: Bildnis des Künstlers als junger Affe 912
Camus: Die Pest 771
– Jonas 423
– Ziel eines Lebens 373
Canetti: Aufzeichnungen 1942-1972 580
– Der Überlebende 449
Capote: Die Grasharfe 62
Cardenal: Gedichte 705
Carossa: Gedichte 596
– Ein Tag im Spätsommer 1947 649
– Führung und Geleit 688
– Rumänisches Tagebuch 573
Carpentier: Barockkonzert 508
– Das Reich von dieser Welt 422
Carrington: Das Hörrohr 901
– Unten 737
Castellanos: Die neun Wächter 816
Celan: Gedichte I 412
– Gedichte II 413
– Gedichte 1938-1944 933
Ceronetti: Das Schweigen des Körpers 810
Cioran: Der zersplitterte Fluch 948
– Gevierteilt 799
– Über das reaktionäre Denken 643
– Widersprüchliche Konturen 898
Colette: Diese Freuden 717
Colomb: Das Spiel der Erinnerung 915
– Tagundnachtgleiche 971
Conrad: Jugend 386
Dagerman: Deutscher Herbst 924
– Gebranntes Kind 795
Daumal: Der Analog 802
Ding Ling: Das Tagebuch der Sophia 670
Döblin: Berlin Alexanderplatz 451
Drummond de Andrade: Gedichte 765

Dürrenmatt: Monstervortrag über Gerechtigkeit und Recht 803
Duras: Der Liebhaber 967
– Liebe 935
Eich: Gedichte 368
– In anderen Sprachen 135
– Maulwürfe 312
– Träume 16
Eliade: Auf der Mântuleasa-Straße 328
– Das Mädchen Maitreyi 429
– Dayan / Im Schatten einer Lilie 836
– Fräulein Christine 665
– Nächte in Serampore 883
– Neunzehn Rosen 676
Elias: Über die Einsamkeit der Sterbenden in unseren Tagen 772
Eliot: Gedichte 130
– Old Possums Katzenbuch 10
Elytis: Ausgewählte Gedichte 696
– Lieder der Liebe 745
– Maria Nepheli 721
– Neue Gedichte 843
Enzensberger: Der Menschenfreund 871
Faulkner: Der Bär 56
– Wilde Palmen 80
Federspiel: Die Ballade von der Typhoid Mary 942
Ferlosio: Abenteuer und Wanderungen des Alfanhui 875
Fitzgerald: Der letzte Taikun 91
Frame: Auf dem Maniototo 929
Frank: Politische Novelle 759
Freud: Briefe 307
– Der Mann Moses 131
Frey: Solneman der Unsichtbare 855
Frisch: Andorra 101
– Bin 8
– Biografie: Ein Spiel 225
– Biografie: Ein Spiel, Neue Fassung 1984 873
– Blaubart 882
– Homo faber 87
– Montauk 581
– Tagebuch 1946-49 261
– Traum des Apothekers von Locarno 604
– Triptychon 722
Gadamer: Lob der Theorie 828
– Vernunft im Zeitalter der Wissenschaft 487
– Wer bin Ich und wer bist Du? 352
Gałczyński: Die Grüne Gans 204
Galdós: Miau 814
Garcia Lorca: Gedichte 544
Generation von 27, Gedichte 796
Gide: Aufzeichnungen über Chopin 958
– Die Aufzeichnungen und Gedichte des André Walter 613
– Die Rückkehr des verlorenen Sohnes 591
– Isabelle 749
Ginzburg: Die Stimmen des Abends 782
Giraudoux: Siegfried oder Die zwei Leben des Jacques Forestier 753
Gracq: Die engen Wasser 904
Green: Der Geisterseher 492
– Jugend 644
Grenier: Die Inseln 887
Gründgens: Wirklichkeit des Theaters 526
Guillén, Jorge: Ausgewählte Gedichte 411
Guillén, Nicolás: Ausgewählte Gedichte 786
Guimarães, Rosa: Doralda, die weiße Lilie 775
Gullar: Schmutziges Gedicht 893
Handke: Die Angst des Tormanns beim Elfmeter 612
– Die Stunde der wahren Empfindung 773
– Gedicht an die Dauer 930
– Wunschloses Unglück 834
Hemingway: Der alte Mann und das Meer 214

Herbert: Ein Barbar in einem Garten 536
– Herr Cogito 416
– Im Vaterland der Mythen 339
– Inschrift 384
Hernández: Die Hortensien 858
Hesse: Demian 95
– Eigensinn 353
– Glaube 300
– Glück 344
– Klingsors letzter Sommer 608
– Krisis 747
– Knulp 75
– Morgenlandfahrt 1
– Musik 483
– Narziß und Goldmund 65
– Siddhartha 227
– Sinclairs Notizbuch 839
– Steppenwolf mit 15 Aquarellen von Gunter Böhmer 869
– Stufen 342
– Unterm Rad 776
– Wanderung 444
Hessel: Alter Mann 939
– Der Kramladen des Glücks 822
– Pariser Romanze 877
– Heimliches Berlin 758
Hildesheimer: Zeiten in Cornwall 281
– Hauskauf 417
– Masante 465
– Tynset 365
Hoffmann-Zampis, Erzählung aus den Türkenkriegen 959
Hofmannsthal: Buch der Freunde 626
– Das Salzburger große Welttheater 565
– Gedichte und kleine Dramen 174
– Lucidor 879
Hohl: Bergfahrt 624
– Daß fast alles anders ist 849
– Nuancen und Details 438
– Vom Arbeiten · Bild 605
– Weg 292
Horváth: Glaube Liebe Hoffnung 361
– Jugend ohne Gott 947
– Kasimir und Karoline 316
– Mord in der Mohrengasse / Revolte auf Côte 3018 768
– Geschichten aus dem Wiener Wald 247
Hrabal: Bambini di Praga 793
– Die Schur 558
– Harlekins Millionen 827
– Sanfte Barbaren 916
– Schneeglöckchenfeste 715
– Schöntrauer 817
– Tanzstunden für Erwachsene und Fortgeschrittene 548
Hrabals Lesebuch 726
Huch: Der letzte Sommer 545
– Lebenslauf des heiligen Wonnebald Pück 806
Huchel: Ausgewählte Gedichte 345
– Die neunte Stunde 891
– Margarethe Minde 868
Humm: Die Inseln 680
Inglin: Werner Amberg. Die Geschichte seiner Kindheit 632
Inoue: Das Tempeldach 709
– Eroberungszüge 639
– Das Jagdgewehr 137
Iwaszkiewicz: Drei Erzählungen 736
Jabès: Es nimmt seinen Lauf 766
Jacob: Höllenvisionen 889
– Der Würfelbecher 220
Jahnn: Die Nacht aus Blei 682
James: Die Tortur 321
Januš: Gedichte 820
Johnson: Skizze eines Verunglückten 785
Jouve: Paulina 1880 271
Joyce: Anna Livia Plurabelle 253
– Briefe an Nora 280
– Dubliner 418
– Porträt des Künstlers 350
– Stephen der Held 338
– Die Toten/The Dead 512

Kafka: Der Heizer 464
– Die Verwandlung 351
– Er 97
Kaschnitz: Beschreibung eines Dorfes 645
– Elissa 852
– Ferngespräche 743
– Gedichte 436
– Liebe beginnt 824
– Menschen und Dinge 1945 909
– Orte 486
Kästner, Erhart: Aufstand der Dinge 476
– Zeltbuch von Tumilat 382
Kästner, Erich: Gedichte 677
Kawerin: Unbekannter Meister 74
Kessel: Die Schwester des Don Quijote 894
Kim: Der Lotos 922
Kipling: Das Dschungelbuch 854
– Kim 890
Kiš: Ein Grabmal für Boris Dawidowitsch 928
– Garten, Asche 878
Kluge: Lebensläufe 911
Koeppen: Tauben im Gras / Das Treibhaus / Der Tod in Rom 926
– Das Treibhaus 659
– Der Tod in Rom 914
– Jugend 500
– Tauben im Gras 393
Kolmar: Gedichte 815
Kracauer: Über die Freundschaft 302
Kraus: Nestroy und die Nachwelt 387
– Sprüche 141
– Über die Sprache 571
Krolow: Alltägliche Gedichte 219
– Fremde Körper 52
– Gedichte 672
– Im Gehen 863
– Nichts weiter als Leben 262
Kuśniewicz, Lektion in einer toten Sprache 963
Laforgue: Hamlet oder Die Folgen der Sohnestreue 733
Landsberg: Erfahrung des Todes 371
Lasker-Schüler: Mein Herz 520
Lavant, Gedichte 970
Lawrence: Auferstehungsgeschichte 589
Leiris: Lichte Nächte und mancher dunkle Tag 716
– Mannesalter 427
von le Fort: Die Tochter Farinatas 865
Lem: Das Hohe Schloß 405
– Der futurologische Kongreß 477
– Die Geschichte von den drei geschichtenerzählenden Maschinen des Königs Genius 867
– Golem XIV 603
– Robotermärchen 366
Lenz: Dame und Scharfrichter 499
– Das doppelte Gesicht 625
– Der Letzte 851
– Spiegelhütte 543
Leonow: Evgenia Ivanovna 934
Lersch: Hammerschläge 718
Lispector: Der Apfel im Dunkel 826
– Die Nachahmung der Rose 781
– Die Sternstunde 884
– Nahe dem wilden Herzen 847
Loerke: Gedichte 114
Loti: Aziyadeh 798
Lovecraft: Der Schatten aus der Zeit 778
Lucebert: Die Silbenuhr 742
– Gedichte 259
Lu Xun: Die wahre Geschichte des Ah Q 777
Maass: Die unwiederbringliche Zeit 866
Machado de Assis: Dom Casmurro 699
– Quincas Borba 764

Majakowskij: Ich 354
– Liebesbriefe an Lilja 238
Malcolm, Erinnerungen an Wittgenstein 957
Malerba: Die Entdeckung des Alphabets 752
– Geschichten vom Ufer des Tibers 683
– Tagebuch eines Träumers 840
Mandelstam: Die Reise nach Armenien 801
– Schwarzerde 835
Mann, Heinrich: Geist und Tat 732
– Professor Unrat 724
Mann, Thomas: Leiden und Größe der Meister 389
– Schriften zur Politik 243
Mansfield: Meistererzählungen 811
Marcuse: Triebstruktur und Gesellschaft 158
Mauriac: Die Tat der Thérèse Desqueyroux 636
Maurois: Marcel Proust 286
Mayer: Brecht in der Geschichte 284
– Doktor Faust und Don Juan 599
– Ein Denkmal für Johannes Brahms 812
– Goethe 367
– Versuche über Schiller 945
Mayröcker, Reise durch die Nacht 923
Mell: Barbara Naderer 755
Michaux: Ein gewisser Plum 902
Mishima: Nach dem Bankett 488
Mitscherlich: Idee des Friedens 233
– Versuch, die Welt besser zu bestehen 246
Montherlant: Die Junggesellen 805
Morselli: Rom ohne Papst 750
Muschg: Dreizehn Briefe Mijnheers 920
– Leib und Leben 880
– Liebesgeschichten 727
Musil: Tagebücher 90
Nabokov: Lushins Verteidigung 627
– Professor Pnin 789
Neruda: Gedichte 99
Niebelschütz: Über Barock und Rokoko 729
Nizan: Das Leben des Antoine B. 402
Nizon: Das Jahr der Liebe 845
– Stolz 617
Nossack: Das Mal und andere Erzählungen 936
– Das Testament des Lucius Eurinus 739
– Der Neugierige 663
– Der Untergang 523
– Interview mit dem Tode 117
– Spätestens im November 331
– Dem unbekannten Sieger 270
Nowaczyński: Schwarzer Kauz 310
O'Brien: Aus Dalkeys Archiven 623
– Der dritte Polizist 446
Ogai Mori: Die Wildgans 862
– Vita sexualis 813
Onetti: Die Werft 457
– Grab einer Namenlosen 976
– So traurig wie sie 808
Palinurus: Das Grab ohne Frieden 11
Pasternak: Die Geschichte einer Kontra-Oktave 456
Pavese: Das Handwerk des Lebens 394
– Mond 111
Paz: Das Labyrinth der Einsamkeit 404
– Der sprachgelehrte Affe 530
– Gedichte 551
Penzoldt: Der dankbare Patient 25

– Die Leute aus der Mohrenapotheke 779
– Squirrel 46
– Zugänge 706
Percy: Der Kinogeher
Perec: W oder die Kindheitserinnerung 780
Perse: Winde 122
Pilnjak: Das nackte Jahr 746
Plath: Ariel 380
– Glasglocke 208
Ponge: Das Notizbuch vom Kiefernwald / La Mounine 774
Portmann: Vom Lebendigen 346
Pound: ABC des Lesens 40
– Wort und Weise 279
Prevelakis: Chronik einer Stadt 748
Prischwin: Shen-Schen 730
Proust: Briefwechsel mit der Mutter 239
– Combray 574
– Der Gleichgültige 601
– Swann 267
– Tage der Freuden 164
– Tage des Lesens 400
Pynchon: Die Versteigerung von No. 49 950
Queiroz: Der Mandarin 956
Queneau: Die Haut der Träume »Fern von Rueil« 937
– Heiliger Bimbam 951
– Mein Freund Pierrot 895
– Stilübungen 148
– Zazi in der Metro 431
Quiroga: Geschichten von Liebe, Irrsinn und Tod 881
Radiguet: Der Ball 13
– Den Teufel im Leib 147
Rilke: Ausgewählte Gedichte 184
– Briefwechsel 469
– Das Florenzer Tagebuch 791
– Das Testament 414
– DerBriefdesjungenArbeiters372
– Die Sonette an Orpheus 634
– Duineser Elegien 468
– Gedichte an die Nacht 519
– Malte Laurids Brigge 343
Ritter: Subjektivität 379
Roa Bastos: Menschensohn 506
Robbe-Grillet: Der Augenzeuge 931
– Djinn 787
Rodoreda: Der Fluß und das Boot 919
– Reise ins Land der verlorenen Mädchen 707
Rojas: Der Sohn des Diebes 829
Romanowiczowa: Der Zug durchs Rote Meer 760
Rose aus Asche 734
Roth, Joseph: Beichte 79
Roussell: Locus Solus 559
Sachs, Nelly: Späte Gedichte 161
– Gedichte 549
Sarraute: Martereau 145
Sartre: Die Wörter 650
Satta: Der Tag des Gerichts 823
Savinio: Unsere Seele / Signor Münster 804
Schneider: Die Silberne Ampel 754
– Las Casas vor Karl V. 622
– Verhüllter Tag 685
Scholem: Judaica 1 106
– Judaica 2 263
– Judaica 3 333
– Judaica 4 831
– Von Berlin nach Jerusalem 555
– Walter Benjamin 467
Scholem Alejchem: Schir-ha-Schirim 892
– Tewje, der Milchmann 210
Scholtis, Jas der Flieger 961
Schröder: Der Wanderer 3
Schulz: Die Zimtläden 377
Seelig: Wanderungen mit Robert Walser 554
Seferis, Poesie 962
Segalen: Rene Leys 783
Seghers: Aufstand der Fischer 20
Sender: König und Königin 305
– Requiem für einen spanischen Landsmann 133
Sert: Pariser Erinnerungen 681

Shaw: Candida 940
– Die heilige Johanna 295
– Frau Warrens Beruf 918
– Helden 42
– Pygmalion 66
– Wagner-Brevier 337
ShenCongwen:DieGrenzstadt 861
Simon, Claude: Das Seil 134
Simon, Ernst: Entscheidung zum Judentum 641
Solschenizyn: Matrjonas Hof 324
Stein: Zarte Knöpfe 579
– Erzählen 278
– Ida 695
– JedermannsAutobiographie907
– Kriege die ich gesehen habe 595
– Paris Frankreich 452
Steinbeck: Die Perle 825
Strindberg: Der romantische Küster auf Rånö 943
– Der Todestanz 738
– Fräulein Julie 513
– Plädoyer eines Irren 704
– Traumspiel 553
Suhrkamp: Briefe 100
– Der Leser 55
– Munderloh 37
Szaniawski: Der weiße Rabe 437
Szczepański, Ikarus 974
Szymborska: Deshalb leben wir 697
Tendrjakow: Die Abrechnung 701
– Die Nacht nach der Entlassung 611
Thoor: Gedichte 424
Trakl: Gedichte 420
Trifonow: Zeit und Ort 860
Ungar: Die Verstümmelten 952
Valéry: Die fixe Idee 155
– Die junge Parze 757
– Herr Teste 162
– Zur Theorie der Dichtkunst 474
Vallejo: Gedichte 110
Vallotton: Das mörderische Leben 846
Vargas Llosa: Die kleinen Hunde 439
Verga: Die Malavoglia 761
Vittorini: Erica und ihre Geschwister 832
Wagner: Gedichte 703
Walser, Martin: Ehen in Philippsburg 527
– Ein fliehendes Pferd 819
– Gesammelte Geschichten 900
– Meßmers Gedanken 946
Walser, Robert: An dieHeimat 719
– Der Gehülfe 490
– Der Räuber 972
– Der Spaziergang 593
– Die Gedichte 844
– Die Rose 538
– Geschichten 655
– Geschwister Tanner 450
– Jakob von Gunten 515
– Kleine Dichtungen 684
– Prosa 57
– Seeland 838
Weiner: Spiel im Ernst 906
Weiss, Peter: Abschied von den Eltern 700
– Der Schatten des Körpers des Kutschers 585
– Fluchtpunkt 797
– Hölderlin 297
Weiß, Ernst: Der Aristokrat 702
– Die Galeere 763
Weiß, Konrad: Die Löwin 885
Wilcock: Das Buch der Monster 712
Wilde: Das Bildnis des Dorian Gray 314
– De Profundis 833
Williams: Die Worte 76
Wilson: Späte Entdeckungen 837
Wittgenstein: Über Gewißheit 250
– Vermischte Bemerkungen 535
Woolf: Die Wellen 128
Yacine, Nedschma 116
Zweig: Die Monotonisierung der Welt 493
Zwetajewa: Auf eigenen Wegen 953
– Mutter und die Musik 941